학업의 궤도 바깥에서 완성한 또 하나의 삶

어제까지의 너,
오늘부로 나

인천해송고등학교 나는 작가다 지음

작가의 탄생

목차

세 번의 조언

배수민

저는 대통령 이정민입니다.

제가 어떻게 이 자리까지 오게 되었는지 학생 여러분은 궁금하지 않습니까?

저는 사실, 국민학교 시절 왕따를 당했습니다. 아, 여러분들에겐 초등학교가 익숙하겠네요. 저의 성장기는 그야말로 혼란기였습니다.

그때마다 아버지는 제게 조언을 해주셨습니다. 아버지의 조언이 있어서, 저는 제 자신을 믿고 미래로 나아갈 수 있었습니다. 고등학교, 대학교를 거치며 저의 열정과 인내가 결실을 맺게 되었고, 그 결과로 저는 오늘날 이 자리에, 여러분 앞에 선겁니다.

대통령의 자리에 오르기까지 제 이야기는 그저 한 사람의 성공 스토리가 아닙니다. 더 나은 것을 향해 나아가고자 했던, 꿈을 향해 어려움을 극복하며 노력을 게을리 하지 않던 제 자신의 과거이자 현재이며 미래가 될 것입니다.

오늘, 저는 이 강연을 통해 제 이야기를 공유하고, 여러분들에게 꿈을 향해 나아가는 데 필요한 가치와 원동력을 전하고자 합니다. 왕따였던 제가 제 꿈을 어떻게 키우고 이뤄왔는지를 말입니다. 이건 어디까지나 학업의 고비에 있는 여러분에게 꿈과 희망을 주기 위한 것이 아니라 여러분과 똑같았던 제 지난날에 관한 이야기입니다.

*

　햇빛은 쨍쨍한데 내 마음은 어둡고 추웠다. 나는 오늘도 어김없이 6학년 4반 교실로 등교했다.

　"자리를 바꾼 지 한 달이 지났으니, 1번부터 나와서 차례대로 번호를 뽑자."

　반 애들은 선생님의 말이 끝나기도 무섭게 환호성을 질렀다. 나를 제외하고. 나는 왕따다. 이유는 모른다. 한 달마다 돌아오는 자리 배정의 날은 나를 더 괴롭게 만든다. 어떻게 괴롭냐면 몰래 학교를 안 간 것이 들켜 부모님께 혼이 날 때보다 훨씬 더 괴롭다. 자리를 먼저 뽑은 애들은 서로 옆자리네, 가까운 자리네 하며 좋아하기 바쁘다.

　내 번호는 21번. 앞도 뒤도 아닌 중간 정도의 순서다. 소란스러운 교실에서 나 홀로 조용히 앉아있다. 일 년에 열 번 정도 겪는 이 일에 나는 익숙하다. 21번인 내 차례가 다가오고 동시에 교실도 조용해지기 시작한다. 눈치 없는 의자는 내가 자리에서 일어났다는 것을 알리는 것 마냥 요란한 소리를 낸다.

　반 아이들의 시선이 모두 나를 향해 소리 없이 달려든다. 나는 무거운 다리를 이끌고 유난히 뾰족해 보이는 책상들 사이를 걸어 나갔다. 이 상황이 끝났으면 하는 마음에 나는 재빨리 종이를 집었다.

　"몇 번이니?"

선생님의 물음에 난 자리표가 그려져 있는 칠판을 올려다보며 말했다.

"3분단…, 두 번째요."

아이들은 이제 내가 아닌 칠판을 확인하고는 수군대기 시작한다.

"아씨!!! 나, 쟤 옆이야."

나의 옆자리를 뽑은 아이가 자신의 종이를 벅벅 찢으며 말했다. 몇몇 다른 아이들은 내 옆자리가 아니어서 다행이라는 듯 안도의 한숨을 쉬었고, 또 다른 몇몇 아이들은 내 옆자리가 된 친구를 비웃듯 크게 웃었다.

달마다, 아니 어쩌면 매일 들어야하는 그 소리가 내 머리를 지끈거리게 만들고 내 숨을 가쁘게 만든다. 가쁜 숨을 몰아쉬며 나는 천천히 교탁을 바라보지만 선생님은 아무 것도 모른다는 듯 종이통을 흔들고 있을 뿐이다. 아이들은 자신이 뽑은 자리로 짐을 옮기느라 또 바쁘다.

소음이 내 머리로 침투해 들어와 나를 더 고통스럽게 했다.

"비켜, 여기 내 자리야."

퉁명스러운 소리에 고개를 들어보니 한 아이가 인상을 찌푸리며 나를 흘려보고 있다. 나는 아무 대답을 하지 못하고 책상을 정리했다. 새롭게 바뀐 자리로 가니 내 책상과 짝꿍의 책상은 멀찍이 떨어져있었다. 나 또한 떨어져 있는 것이 더 편하기에 그냥 앉았다.

텅텅 빈 생각만 하다가 어느덧 하교 시간이 되었다. 나는 터덜터덜 집으로 왔고, 피곤함에 저녁도 먹지 않고 방에 들어가 잤다. 시간이 얼마나 흘렀을까. 대문이 열리는 소리에 나는 잠에서 깼다. 아버지가 일을 마치고 집에 돌아오신 것이다.

나는 반쯤 뜬 눈을 비비며 아버지를 맞이했다.

"안녕히 다녀오셨어요."

아버지는 내 어깨를 토닥이시며 말했다.

"정민이 너도 오늘 하루 잘 지냈니? 수업은? 친구들과는 어땠어?"

학교에서 있었던 일과 내가 느꼈던 감정들을 말할 수는 없었다.

"괜찮았어요. 학교 끝나고 집에 와서는 피곤해서 지금껏 자고 있었어요."

아버지는 쉬는 것 또한 중요한 일이라며 신발을 벗고 안방으로 가셨다. 나는 아버지의 뒷모습을 보다가 다시 내 방으로 돌아왔다. 아버지께 학교에서의 내 모습을 알려드려야 하나? 나 때문에 힘드시면 어쩌지? 내가 혼자 계속 버틸 수 있을까? 이러한 내 고민은 자리 뽑는 날만이 아니라 거의 매일이었다. 학교에선 항상 남들의 시선을 신경 쓰고 아이들은 날 무시하고 나는 그런 주변인들의 태도에 점점 더 의기소침해지고…. 그리고 집에 와선 아무 생각 없이 시간을 보내곤 했다.

나도 이런 내 자신이 한심했다. 나도 남들의 시선 따위 신경 쓰지 않고 살고 싶다. 당당하게 살고 싶다. 하지만 나에게 그 당당함이 사치 같다. 당당하다는 것이 무엇인지도 모르겠고, 어떻게 노력해야 되는 것인지도 몰랐다. 불안. 소심. 내성적. 겁쟁이. 나를 떠올리면 줄줄이 굴비처럼 따라오는 단어들이다.

하지만 아버지는 나와 다르다. 당당하고 적극적이고 외향적이라는 말로 표현되는 삶을 살아오셨다. 무슨 일이든 열성을 다해 적극적으로 해내셨고, 인간관계 또한 완벽했다. 나는 내 아버지의 자식이 맞나 싶을 정도로 우린 모든 면에서 달랐다.

아버지를 닮으려 노력했다. 거울을 보며 웃는 연습을 하고 사람들과 대화하는 연습도 해봤다. 그러나 나의 마음 속 깊이 박힌 상처들이 그런 나를 방해했다.

그래. 나는 소심하고 내성적이지. 늘 불안에 떠는 겁쟁이가 어울려.

나의 소심한 고민들로 날밤을 새는 일이 늘어갔다. 새벽에 혼자 깨어 쓸데없는 것들로 자책하며 내 감정과 시간을 낭비했다.

그날도 그저 공기 중에 떠도는 먼지처럼 교실 한구석에 앉아만 있었다. 학교가 끝나 교문을 나오는데 나만 혼자였다. 다들 친구랑 짝을 지어 학원에 가거나, 친구 집에 가서 놀거나 다들 그렇게 누군가와 관계를 맺고 있는데 말이다.

난 곧장 집으로 와 낮잠을 자거나 그날 배웠던 내용을 복습하는 걸로 혼자 시간을 보냈다. 나름 깊은 공부를 하는 것 같지만 그건 아니다. 혼자 놀자니 심심해, 그냥 그날의 수업을 복습하는 것이다. 하다 보면 그 순간에 집중하게 되어 부정적인 생각이 내 안에서 날아가기도 하니까.

온 종일 지끈지끈했던 안 좋은 것들을 머리에서 잠시 떠나보내는 느낌이랄까. 공부를 하는 것은 뇌를 쓰는 일이므로 더 복잡한 것 아니냐고 생각할 수도 있지만 나에겐 공부가 몇 백배 더 나은 일이다.

어느 정도의 거리를 유지하며 걸어가는 이 하굣길이 난 좋다. 나를 모르는 아이들 틈에 섞여 그냥 걷는다. 수업이 파한 때에서야 나는 고개를 들고 주변을 바라보곤 한다. 냇가 쪽으로 놀러가는 친구들. 무궁화 꽃이 피었습니다를 하며 노는 친구들. 실내화 가방을 발로 툭툭 차며 집으로 가는 친구들. 딱딱한 운동화에 얻어맞고 있는 실내화 가방을 보면 난 왠지 가방이 불쌍하다는 생각이 든다. 저런 용도로 쓰이려고 태어난 게 아닌데…. 실내화 가방은 그래도 하는 일이라도 있지 않은가.

나는 그게 못내 부러웠다. 말도 할 수 있고 혼자 움직일 수도 있는 나는 내가 왜 태어났는지도 모르겠고, 뭘 해야 되는 인간인지도 모른다. 한심함에 한숨만 쉬다가 집에 돌아왔는데, 아버지가 웬일로 집에 계시다.

"정민이 왔냐?"

"다녀왔습니다."

아버지는 오늘 아침에 배달 온 신문을 읽고 계셨다. 그런 아버지를 나는 멀뚱멀뚱한 표정으로 바라봤다.

왜 이 시간에 집에 계시지?

"그냥 일찍 왔어. 할 것도 있고 해서. 왜, 아버지가 집에 있는 게 싫으니?"

아버지는 마치 나의 생각을 읽은 것처럼 말씀하셨다.

"아니요. 그냥 이런 적이 없었던 것 같아서…."

아버지는 식당을 운영하신다. 지금까지 늦게 들어오신 적은 많아도 일찍 들어오신 적은 없었기에 더 궁금했다. 아버지는 읽고 계시던 신문을 접고 나에게 다가왔다.

"정민아, 오늘 아빠랑 아빠 일하는 곳에 좀 같이 갈까?"

국민학교에 들어가기 전쯤이 마지막이었나? 그 이후로 한 번도 가보지 않았다. 가보지 않은 것일 수도 있고, 안 간 것일 수도 있다. 갑자기 왜 가자고 하는지 알 수 없다. 어차피 집에 있어봤자 할 것도 없는 나는 아버지가 왜 그러나 궁금하기도 해서 따라 나섰다.

오랜만에 간 식당은 낡아있었지만 왠지 근사해진 느낌이 들었다. 아빠와 함께 들어가니 직원분들께서 아버지께 인사를 했다. 그러곤 나를 누구냐는 듯 힐끔힐끔 쳐다봤다.

"어. 우리 아들. 오랜만에 아빠가 일하는 곳 좀 보여주고 싶어서. 6년 만인가?"

직원분들은 그제야 나를 향해 웃고 머리를 쓰다듬기도 했다. 내 기억으로 그땐 직원이 한 명 뿐이었던 같은데…….

"아들인가보다 했는데 너무 안 닮아서 아닌 줄 알았어요."

별 의미 없을 이 한마디가 내 머리를 강타했다. 성격도 안 닮아서 슬픈데 얼굴까지 안 닮았다니.

어쨌든 아버지는 그날 일하는 당신의 모습을 내게 보여주셨다. 나는 지켜만 보다가 좀 도와달라는 말에 잠깐 일을 도왔다. 그런데 갑자기 날 이곳에 데리고 오신 이유가 무엇일까? 알 순 없지만 나는 그렇게 아버지와의 추억을 새로 하나 만들었다. 왠지 잠자리가 더 편안해질 것 같은 느낌이 들었다.

다음 날은 평소보다 조금 더 개운한 아침을 맞이했고, 평소보다 조금 더 개운한 등교를 했다.

　　　　오늘의 시간표
　　　　1교시 국어
　　　　2교시 산수
　　　　3교시 체육
　　　　4교시 자연
　　　　5교시 체육

잠깐, 체육이 두 번이다. 뭔가 잘못 됐다. 체육은 일주일 수업 중에 많은 비중을 차지하는 과목은 아니지만 짝을 짓거나 팀을 꾸리는 등의 활동이 많아 내가 제일 싫어하는 과목이다.

특히 피구할 때가 가장 싫다. 선생님은 귀찮은 건지 아니면 일부러 나를 괴롭게 하려는 건지 팀 짜는 것을 항상 애들한테 맡긴다. 각 팀의 대표 두

명을 선출한 뒤 대표들은 번갈아가며 팀으로 꾸릴 친구의 이름을 부른다.

예상했겠지만 나의 이름은 한 번도 불린 적이 없다. 항상 마지막까지 남아서 모자란 팀으로 공처럼 던져졌다.

개운했던 내 마음이 날아가 버렸다. 체육을 두 번이나 해야 한다는 일은 나겐 너무나 버거운 일이다. 1교시 국어, 2교시 산수는 개인 플레이다. 그냥 혼자서 조용히 수업만 들으면 됐다. 선생님은 사회 수업 진도가 너무 빠르다며 체육으로 대체했다. 아, 그렇게 된 거다. 아이들은 1~2교시동안 가만히 앉아서 수업을 듣는 게 너무 힘들었다고 몸을 풀며 밖으로 나갔다. 운동장으로 향하는 복도에는 늘 수십 개의 가벼운 발걸음들 속에 무거운 발걸음 하나가 들어있었다.

오늘도 마찬가지다.

"3교시, 5교시 체육 수업은 모두 피구로 진행한다. 오늘이 8월 30일이니까 8번이랑 30번이 대표로 팀원을 뽑는다!"

또 팀을 짜야하는 피구다. 그냥 수업하는 게 나은데……. 나는 선생님이 밉고 또 억울했다. 매월 21일은 교실 수업이든가, 아니면, 등교하지 않는 날이다. 그 말은 내가 팀의 대표가 될 기회가 좀처럼 없었다는 것이다. 내가 대표가 되어 팀원을 뽑는 것도 달갑지 않기는 마찬가지만 말이다.

아무튼 8번과 30번은 서로 가위바위보를 하며 순차적으로 팀원들을 골라갔다.

"가위바위보! 박우식!"

"가위바위보! 음…, 이진숙!"

나는 가만히 서서 한 명씩 사라지는 것을 보고만 있었다. 내 이름은 앞서 나오지 않는다. 애초에 기대하지도 않았지만 쪽팔리고 속상한 마음까지 지울 순 없다.

아이들은 나에게 공을 던지지 않는다. 상대팀과 우리팀 둘 다 내가 공을 받으면 재미없어진다고 생각하는 것 같다. 바로 앞에 내가 있는데도, 상대팀은 나를 아웃시키지 않는다.

3교시 체육, 4교시 수업, 오늘의 마지막 5교시 체육도 끝이 났다. 두 번째 체육 수업이 어땠냐고 묻는다면 말하기도 싫다. 오늘은 아버지가 집에 계시지 않았다. 없는 게 당연한데 나는 무엇을 기대했던 걸까. 어제 한번 일찍 오신 건데.

나는 방에 들어가서 그날 배운 내용들을 복습했다. 머릿속을 비우면서. 선생님께서 내주신 숙제들도 열심히 했다. 천천히, 아주 천천히 공부했다. 불안한 생각들이 나의 뇌에 들어오지 않도록. 같은 문제를 다른 방법으로도 풀어보고 지웠다가 처음부터 다시 풀어보기도 했다.

시간이 얼마나 흘렀는지는 모른다. 갑자기 방문이 열리더니 아버지가 들어오셨다.

"공부하니?"

아버지가 오시는 소리도 듣지 못했는데, 나는 놀란 얼굴로 말했다.

"네, 아버지. 너무 집중해서 오신 줄도 몰랐어요. 죄송해요."

"아니야, 괜찮아."

아버지는 방구석에 접혀있던 이불을 방바닥에 깔며 말했다.

"이리 앉아볼래?"

나는 의자에서 일어나 이불 위에 앉았다. 아버지도 내 옆에 앉으셨다. 잠깐의 정적이 흘렀다. 아버지랑 이렇게 앉아있으려니 너무 어색했다. 아버지도 어색해하시는 눈치였다.

"공부, 많이 힘들지?"

힘든 건 아니었다. 힘들면 안 했을 것이다. 말했듯이, 내게 공부는 그냥 불안을 지워주는 수단일 뿐이다.

"할만 해요. 새로 얻는 것도 많고⋯."

"그래. 얻는 것 많지. 학교생활은 어떠니?"

내 학교생활에는 관심도 없을 것 같던 아버지에게서 그런 말을 들으니 나는 살짝 놀랐다. 내가 왕따 당하는 것을 아는 건가 싶어, 순간 머릿속이 복잡해졌다. 선생님께 무슨 말을 들으신 건가? 아니다. 선생님은 오히려 외면하신다. 절대 먼저 말할 사람이 아니다.

나는 어떻게 대답해야 할지 몰라 머뭇거리다가 말했다.

"그냥, 다닐 만해요."

"⋯⋯."

그때의 아버지 침묵의 적막함은 잊을 수가 없다. 침묵 끝에 아버지가 말씀하셨다.

"정민아, 네가 어떤 상황에 있든지, 그 상황에 정면으로 대응하길 바란다."

*

제 아버지가 제게 준 조언이었습니다. 걱정과 두려움이 많았던 그 시절의 저는 제가 과연 그럴 수 있을까. 정면 대응으로 부딪혀 모든 걸 이겨낼 수 있을까. 참으로 많은 생각들을 했습니다.

그 이후로 저는 극복해냈을까요? 당당히 고개를 들고 살았을까요? 그러길 바랐지만 아버지의 말씀 한마디로 제가 바뀌진 않았습니다. 하지만 사소한 것들부터 바꾸려고 저는 노력했습니다. 남들이 절 쳐다보는 것이 두려워 항상 엎드려 지내던 쉬는 시간에 책을 꺼내 독서의 시간을 가졌습니다. 평소 책을 잘 읽는 성격은 아니었지만 아버지께서 공부보단 책을 많이 권하셨기에 '책 읽는 나'를 만들어보기로 한 것입니다.

저는 그렇게 국민학교 시절을 보냈습니다.

우리집은 곧 이사를 했습니다. 그것도 아주 멀리. 당장은 힘들었던 것들이 지나고 보면 아무것도 아니었습니다. 중학교는 비교적 행복한 학생이 되어 졸업할 수 있었습니다. 그리고 저는 어느덧 고3 입시생이 되었습니다.

국민학교 시절 겪었던 일은 이미 내 머릿속에 존재하지 않았습니다. 기억하고 싶지도 않고 중학교, 고등학교에 진학하게 되면서 워낙 좋은 친구들을 많이 만났습니다. 그렇다고 고등학교 생활이 힘들지 않았던 것은 아닙니다. 친구들 때문이 아니라 대학입시 때문이었습니다.

지방에 있다가 서울에 오니 주변엔 다 공부 잘하는 친구들뿐이었습니다. 그만큼 학생들의 학업경쟁도 치열했습니다. 그래도 꼴찌는 아니었습니다. 중간은 됐습니다. 초등학교 때와 차이가 있다면 정도의 차이라고 말씀드릴 수 있습니다. 국민학교 때는 그저 마음이 비워져서 쉬엄쉬엄했던 공부였는데, 이젠 미래가 달린 공부라고 생각하니 쉬엄쉬엄할 수가 없었습니다.

그때는 힘들면 관둬야 하는 것이 공부라고 생각했습니다. 지금에 와서 생각해보면 웃음만 나옵니다.

저도 그렇고 다른 친구들도 입시를 위한 학력고사를 잘 치르기 위해 죽을 듯이 공부했습니다. 내가 얼마나 열심히 공부를 하느냐에 따라서 대학 이름이 바뀌기 때문입니다. 온갖 스트레스를 극복하며 이겨낸 결과가 학교 이름

하나라고 생각하니 좀 허무하기는 합니다. 그래도 그때에 제가 할 수 있는 건 공부밖에 없다고 여겼습니다.

*

학력고사 7일 전.

평소에도 무거웠던 공기가 점점 더 무거워졌다. 학교에선 진도를 나가는 대신 학생들에게 자습을 하도록 했다. 어떤 친구들은 엎드려 잠을 잤고, 밤을 새고도 늦은 밤까지 또 공부하고 친구도 있었다. 나는 수면시간 만큼은 지켜가면서 입시공부를 했다.

하루 종일 자습하고 집에 가서도 공부하고 다음날 일어나서 공부하고. 이런 날들이 반복되니 몸도 마음도 지쳐갔다. 일주일밖에 안 남았어. 조금만 더 노력하자. 나는 그렇게 스스로를 다독였다.

학력고사 3일 전.

시간은 정말 빨리 갔다. 지난 1년 동안은 공부외에 다른 걸 한 기억이 없다. 최근에 무엇을 했는지, 특별한 기억이 뭔지를 묻는다면, 나는 시험공부라고 밖에 대답할 다른 말이 없었다.

"더욱 열심히 해라."

아버지는 항상 그렇게 말씀하셨다. 남들에겐 잔소리일 수도 있다. 공부해라. 반찬 골고루 먹어라. 밥 먹기 전에 손 닦아라. 친구들이라고 별다르지 않았다. 부모님의 잔소리로 갈등을 빚었다고 하소연한다.

하지만 나는 '잔소리'가 아닌 '조언'이라고 받아들였다. 친구들이 그런 나를 이해하지 못하겠다는 얼굴을 할 때마다 나는 그러냐고 고개를 끄덕여줬다. 아버지의 말씀을 들으면 나는 그렇게 하면 나도 아버지처럼 되겠지. 그런 생각으로 내 일에 임한다.

오늘 아침에도 더욱 열심히 하라는 아버지의 말씀을 듣고 집을 나섰다. 거리에선 짹짹거리는 새들의 응원을 받으며 영어단어를 외우며 학교로 향한다.

전에는 1~2학년 교실 층을 지날 때마다 뛰어다니거나 소리를 지르는 후배들이 많았는데 이젠 볼 수가 없다. 학력고사가 얼마 남지 않아 선생님과 후배들 모두 3학년 학생의 눈치를 보기 때문이다.

모두가 배려해주니 고마울 따름이다. 학력고사 3일 전인 오늘도 별 특별한 일은 없었다. 굳이 꼽아보자면 문제를 풀다가 오타를 발견한 것? 학력고사 날에는 문제에 오타가 없기를 바랄 뿐이다.

학력고사 1일 전.

평소 무덤덤했던 내 마음이 살짝 떨렸다. 시험 당일에 대비하기 위해 공부가 아닌 마인드 컨트롤과 총 정리의 시간을 가졌다.

내일 가서 떨면 안 되는데, 실수를 하면 안 되는데…. 이런 생각들도 버리고 마음의 평정을 찾아야 되는데 내 마음처럼 잘 되지를 않았다.

작년에 서울대에 갈 만큼 공부를 잘했던 선배가 당일 긴장을 해서 시험을 한순간에 망쳤다는 얘기가 생각이 났다. 듣기만 해도 너무 안타까운 일이다. 오늘을 마지막으로 이 얘기도 내 머릿속에서 지울 것이다.

이런 와중에도 정말 무덤덤한 사람은 아버지였다. 내가 긴장할까봐 일부러 저러시는 걸까? 어쨌든 나는 마음을 비우고 지금까지 했던 공부의 내용들을 총 정리했다. 한 과목 당 한 시간씩 시험 당일에 실수하지 않게 꼼꼼히. 그러고는 점검한 페이지들을 한 장씩 찢어버렸다.

이것으로 진정 마지막이다. 마음도 공부도 모두 완벽하게 정리된 기분이었다. 나는 그렇게 고등학교 생활의 결실을 맺게 될 학력고사 날을 맞이하기 위한 잠자리에 들었다.

학력고사 당일.

잔 것 같지 않은데 벌써 아침이 밝아왔다. 거실로 나가니 아버지께서 밥상을 차리고 계셨다.

"얼른 앉아서 먹어. 아침에 밥을 든든히 먹어야 뇌가 잘 돌아간다."

평소 아침밥은 건너뛰고 등교하는 날이 많아서 생각도 못하고 있었다. 아버지가 차린 밥상엔 막 지은 밥과 계란프라이와 소시지 부침이 있었다. 건조한 목구멍에 따뜻한 밥이 달작지근하게도 넘어갔다.

"맛있어요."

아버지가 만든 음식은 자주 먹었지만 그동안 맛있다는 말은 한 번도 하지 않은 것 같다. 오늘은 나도 모르게 튀어나왔다.

밥을 든든하게 챙겨 먹은 내게 아버지께서는 시험장까지 같이 가준다고 하셨다. 나는 거절했다. 아무 말도 없이 어색하게 걸어갈 모습이 벌써 눈에 선했기 때문이다.

"다녀오겠습니다."

문밖을 나서려는 나를 아버지가 부르셨다.

"정민아, 두려워하지 말고, 항상 그 순간에 최선의 노력을 기울여라."

*

항상 최선의 노력을 기울여라! 아버지가 제게 주신 또 하나의 조언입니다. 그 말씀을 듣고 전 가볍지만 왠지 모르게 더 무거운 마음으로 등교했습니다. 그렇게 학력고사를 잘 마무리하고 저는 대학교에 입학했습니다. 고등학교 땐 제가 커서 무엇을 해야 할지 막막했죠. 무작정 공부만 했기에 딱히 할 줄 아는 것도 없었습니다. 그건 대학교를 입학해서도 마찬가지였습니다. 저는 서울시내 어느 대학의 철학과에 재학 중이었고, 어느 순간에 벌써 3학년이 되어 있었습니다.

대학을 다니면서 새로운 사람들을 만나고 다양한 경험을 접했습니다. 아버지는 지방에서 서울로 우리 가족이 이사를 오게 되면서 아버지의 식당도 새로운 곳에 자리를 잡았습니다. 지방에 있을 때보다 식당운영은 시원찮았고, 아버지께서는 더 바빠지셨습니다. 그럼에도 아버지와 대학생이 된 저의 대화는 부쩍 늘어갔습니다.

철학을 전공하게 된 건 철학이 있는 인생이어야 하지 않을까. 철학은 당시의 제게 매우 흥미로운 학문이었습니다. 삶의 의미나 선과 악 등 보다 근원적인 것에 대한 답을 얻을 수 있었습니다.

하지만 그때의 제게도 고민은 있었습니다. 제 자신의 미래에 대한 확신도 포부도 없는 듯했습니다. 난 여기서 지금 뭘 하고 있는 거지? 제 꿈을 이루는 것이 최종의 목적지라면 친구나 동기들은 육지 동물 중에 가장 빠르다고 알려진 치타고 저는 세상 느린 달팽이에 지나지 않았습니다.

부정하고 싶어도 부정할 수 없는 사실이었습니다. 누군가 제게 말해주길 기다렸습니다. 작은 고추가 더 매운 법이라고, 삶의 속도는 그리 중요한 것이 아니라고 말입니다. 너는 뭐가 됐든 될 놈이라고 말해주길 기대했던가, 봅니다.

*

내가 다니는 대학의 건물은 예쁘기도 하지만 특히 정원이 아름답기로 자자했다. 그곳에 가면 항상 사람들이 많아서 좋다. 벤치에 가만히 앉아 조곤조곤 속삭이는 사람들이나 풍경 사진을 찍는 이들을 보다보면 나도 덩달아 행복했다.

나는 생각을 정리하고 싶을 때마다 학교 정원을 찾았다. 빼곡하게 자라난 푸른 풀들을 보며 생각했다. 그동안 의사, 변호사, 심리상담가 등 여러 직업을 꿈꿔 보았지만 얼마 가지 못해 접었다. 끈기가 없어서일까. 내가 하고 싶은 게 정말 뭘까. 아버지에게 고민을 털어볼까.

나는 곧 고개를 저었다. 완벽한 내 모습을 아버지에게 보여주고 싶었다. 꿈이 없다는 것은 삶의 목표가 없다는 것이라 생각해왔던 내게 아버지에게 고민을 털어놓는다는 것은 어려웠다. 하지만 다시 생각해보면 그동안의 나는 꿈을 찾겠다는 목표를 갖고 있었던 것 아닌가. 난 이제 시작에 불과한 인생이 아닌가 말이다.

그래서 나는 아버지한테 도움을 청하기로 했다. 그날은 때마침, 식당이 쉬는 날이다. 아버지께서는 집에서 텔레비전을 보고 계셨고, 나는 그 곁으로 가 조용히 입을 열었다.

"아버지, 전 대학에 입학은 했지만 제가 무엇을 해야 할지 정말 모르겠어요. 앞으로 제가 무엇을 하며 살아야 할지 모르겠어요. 공부란 공부는 죽을 만큼 다 해본 것 같은데, 제가 하고 싶은 건 아직 못 찾은 것 같아요. 이런 저를 어쩌면 좋아요, 아버지?"

아버지는 내 말을 들으시곤 나를 물끄러미 건너다보셨다. 아버지는 아시는 듯했다. 내가 얼마나 당신의 잘난 아들이 되고 싶어 하는지. 내가 얼마나 완성된 모습을 보여주고 싶어 하는지.

나를 바라보며 미소를 짓던 아버지께서 입술을 뗐다.

"난 네가 걸음마도 못 뗀 그때부터 봐왔어. 완벽하게 보일 필요가 없다는 거지. 내 아들 정민이는 그 자체로 완벽한 존재지. 뭘 해야 될지 모르겠다고? 너만 그런 게 아니야. 그리고 평생의 업이 그렇게 쉽게 찾아오는 것도 아니지. 모든 것은 다 때가 있는 거야. 정민이 네가 뭔가를 하고 있다면 언젠가는 알게 될 거다. 항상 주의를 부지런히 하다보면 자연스레 찾아올 거다. 네 마음이 꽂힌 그 일이……. 매 순간 최선의 노력을 해왔다면 넌 네가 하는 그 일에서 최고가 될 거야."

*

매 순간 정정당당하게 최선의 노력을 기울였다면, 여러분은 실패해도 두려울 것이 없습니다. 내가 원하는 것을 당장 찾지 못했다고 불안해하지 않아도 됩니다. 저 또한 제 꿈을 찾는데 오랜 시간이 걸렸습니다.

제 아버지의 말씀은 진리였습니다. 저는 아버지의 조언에 부응하여 책 읽는 아이가 되었고, 제 앞에 놓은 현실적인 문제들에 직면해서는 맞대응했습니다. 그 시절, 왕따의 저는, 두려움 많던 저는 서서히 잊혀져갔습니다.

제가 원하는 세상을 만들어보기 위해 단 하루도 쉬지 않고 매일 뭔가를 했습니다. 그것이 쌓이고 쌓여 여기까지 왔습니다.

지금 제 앞에 있는 학생 여러분이 행복한 세상을 만들어줄 것입니다. 그 기회를 얻기 위해 저는 지금 대통령이 되어 이 자리에 섰습니다.

여러분은 지금 무엇을 원하시나요? 대통령인 제가 여러분을 위해 열심히 한번 뛰어보겠습니다!

불행 청소년센터

주하연

"……따라서 피고인을 징역 7년형에 처한다!"

땅! 땅! 땅!

*

"아, 아저씨요! 내가 옷 똑바로 걸어두랬잖아. 윽, 이게 뭔 냄새야?"

경주혁은 코를 틀어막은 채 바닥에 떨어진 옷가지들을 주웠다. 불행 청소년센터에 들어온 지도 어언 3개월이건만 아직까지 제대로 된 일은 하나도 맡지 못한 채 잡일만 하고 있었다.

애초에 보수를 기대하고 온 건 아닌지라 상관은 없었지만 그래도 뭔가 성취감의 문제라고나 해야 할까. 그 옛날, 그들이 자신의 일 마냥 발 벗고 도와준 것이 이해가 될 정도로 주변엔 특별히 불행한 사람이 없었다. 다들 평균 수준의 불행을 가지고 있었을 뿐만 아니라 우리 셋 중 불행 수치를 제대로 볼 수 있는 건 소장밖에 없었기에 뿔뿔이 흩어져서 찾으러 다니기도 어려웠다.

그러니 불행 청소기록은 제로, 0에 수렴됐다.

아, 불행 청소센터가 뭐냐고? 불행 청소센터는 말 그대로 사람들의 불행을 청소해주는 곳이다. 사람들에겐 평생 동안 겪어야 되는 불행의 양이 정해져 있다. 그 양이 무작위로 분배되어 살면서 여러 형태로 나타나는 건데, 아주 가끔 그 불행의 양이 남들보다 눈에 띄게 많은 사람이 있다. 보통 사람들의 불행 수치가 5~7 사이라면 그들은 9~10 사이, 어쩌면 그 이상을 넘나든다.

그러나 앞서 말했듯, 그런 사람들을 찾는 건 여간 쉬운 일이 아니기에 아직까지 손님 하나 받지 못한 채 사람이라곤 셋밖에 없는 이 사무실이나 치우고 있는 것이었다. 그러니까 전단지 좀 제대로 만들자니까…….

그렇게 투덜거리자 소장이 다가와 핸드폰으로 한 기사를 보여주며 말했다.

"허이고, 그나저나 세상이 말세네 말세야. 너 이거 봤냐? 존속 살인사건 또 일어났다던데."

"뭐, 다 사정이 있었겠죠."

그의 기사에는 자신의 아버지를 찔러 죽인 성 군에 대한 내용이 담겨있었다.

"이상한 게 피해자 얼굴에 손톱자국이 여러 개 남아있었대. 근데, 가해자 손톱에선 피해자 혈흔이 발견이 안 됐다던데. 뭐, 직접 자수했고 무기도 제출했으니까 맞겠지만…… 아무리 생각해도 이상하단 말이야."

"그런 거 생각할 시간 있으면 청소 좀 도와요, 맨날 나만 하는 것 같…."

하는데, 신세은의 목소리가 들려왔다.

"소장님! 밖에 소, 손님이 오셔서……."

"뭐? 진짜?"

"그럼 진짜죠. 가짜겠어요? 저도 몇 번이나 물어봤어요. 불행 청소센터 찾아온 거 맞냐고."

"세은아, 어서 들어오라고 해라."

김 소장과 세은의 호들갑 떠는 모습에 주혁은 고개를 저었지만, 제 발로 찾아온 손님은 처음이었기에 그들의 들뜸도 이해는 됐다.

이내 교복을 입은 여학생이 신세은의 뒤를 따라 들어왔다. 경주혁의 눈에는 잔뜩 의기소침해 보였지만, 오고가며 흔히 볼 수 있는 그런 여학생이었다. 그러나 눈 밑에 짙게 드리운 다크서클과 어두운 낯빛, 제대로 먹지 못해 앙상하게 마른 팔뚝은 평범한 학생의 것이라고 보기엔 힘들었다. 가장 눈에 띄는 건 최근 손톱을 물어뜯었는지 삐뚤빼뚤한 모습으로 짧게 잘려져 있는 그녀의 손톱과 약지에 남은 어렴풋한 반지 자국이었다. 여학생이 김 소장을 쳐다보자, 그가 인상을 썼다.

세은이 먹을 걸 좀 내오겠다며 밖으로 나가자, 소장이 편하게 앉으라며 소파를 내주었다. 여학생은 여기까지 오긴 했지만, 반신반의하는 눈빛으로 조심스레 앉았다. 소장은 아무 말도 하지 않은 채 여학생을 지긋이 쳐다보고만 있었다.

아마도 지금 상황의 심각성을 대략적으로 파악하는 거겠지. 소장은 불행의 수치를 측정하고 그 사람의 우울도를 알아내는 능력을 가지고 있었다. 그렇기에 무슨 일이 일어나기 전에 미리 방지할 수 있었는데, 특히 죽기 직전의 사람을 기가 막히게 알아봤다. 청소센터에선 필수적인 능력이나 다름 없다.

몇 번 머뭇거리던 여학생이 말을 꺼내다 말고 울먹이기 시작했다. 콜라와 커피, 쿠크다스를 가져온 신세은이, 왜 손님을 울리냐며, 소장에게 인상을 썼다. 그러고는 여학생의 손을 잡고 한 손으론 어깨를 토닥여주었다. 신세은의 고유 능력은 상황 파악이었는데, 그녀는 사람들이 자신의 이야기를 술술 풀어놓게 하는 재주가 있었다. 제대로 된 손님을 받은 건 처음이지만 사소한 상담을 받으러 온 사람들만 봐도 그랬다.

아무튼 신세은의 능력 덕분에 여학생은 마음을 조금 연 듯 눈물을 그치고 자신의 얘기를 덤덤히 들려주었다.

*

성우연의 집은 평범했다. 서울 강남에 집이 있는 것도, 학원비로만 몇 백을 쓸 수 있던 것도 아니었지만, 집이 있고, 차도 있으며 몇 십만 원짜리 학원 두 개 정도는 다닐 수 있는 정도는 되었다.

그녀에겐 두 살 터울의 남동생이 있었으며, 다른 형제자매들과 매한가지로 그들도 종종 다투면서 자라곤 했다. 그녀의 부모님은 온화하고 자상한 사람들이었으며 그녀의 동생 또한 잘 삐지긴 하지만 사려 깊었고, 다혈질인 그녀와는 다르게 침착하고 정의로웠다.

성우연은 자신이 세상에서 제일은 아니더라도 이 정도면 충분히 만족스럽고 행복한 사람이라고 생각했다. 그러나 그녀가 중학교 2학년이 되고 나서부터 그녀의 삶은 완전히 달라졌다. 아버지의 사업이 망하면서 집에 사채업자들이 들이닥치기 시작했고, 설상가상으로 그녀의 아버지 또한 더 이상 연락이 닿지 않았다. 그녀의 어머니는 스트레스로 병에 걸려 병원 신세를 면치 못하였고, 그녀와 그녀의 동생인 우인은 결국 학교를 그만두고 아르바

이트를 해야 하는 지경에 이르게 되었다.

빚을 갚기에도 급급한데 자신들의 생활비와 어머니의 병원비까지 책임질 자신이 없기 때문이었다. 그러나 그런 노력에도 불구하고 그녀의 어머니는 그녀가 고1이 되던 해에 돌아가셨고 그녀 또한 계속되는 생활고와 불어나는 빚으로 인해 스트레스가 쌓일 대로 쌓인 상태였다. 친구들과는 멀어질 수밖에 없었고, 가끔 같이 일을 하는 어른들이 도움을 주긴 했지만 모두 허울 좋은 말에 불과했다.

그래도 우인이 있었기에 우연은 버틸 수 있었다. 세상에 유일하게 남은 제 편이라고 생각했다. 그래, 우인은 언제나 우연의 편이었다. 그건 아버지가 4년 만에 돌아오고 나서도 마찬가지였다. 어머니의 장례식장에서도 얼굴 한 번 비추지 않아 죽은 줄로만 알았던 아버지가 무려 4년 만에 돌아온 것이었다. 원망과 야속함, 그리움이 공존해 복잡해진 감정에 아버지를 어떻게 대해야 할지 고민하던 그녀와 달리 인우는 원망만이 남은 듯했다.

물론, 성우연 또한 그의 감정이 타당하다고 생각했다. 그 무책임하고 한심한 작태는 하면 안 되는 짓이었다. 그래도 그의 입장을 들어보려고 했던 우연의 설득으로 셋은 같이 살게 되었다. 아버지는 지난 4년 동안 빚을 갚기 위해 아는 사람의 밑으로 들어가 일을 했으나 동업자가 사기를 치고 돈을 가져 날랐고 졸지에 다시 빈털터리가 되어버려 우리의 안부도 물을 겸 온 것이라고 하였다.

솔직히 어이가 없었다. 이제 와서 우리가 보고 싶다고 온 것도 다 핑계처럼 들렸다. 결국 돈이 다 떨어져 그 실패를 혼자 짊어질 자신이 없어 우연과 우인의 핑계를 대고 돌아온 것이다. 그러나 어머니의 죽음을 정말 몰랐는지 눈물을 흘리며 우리를 안아주는 모습과 4년 전과는 너무 다른, 폭삭 늙어버린 모습에 우연은 그만 그를 한 번 더 믿어주기로 하였다.

　우인은 탐탁지 않아 보였지만 우연의 선택이니 존중하려는 듯했다. 우연도 자신이 미련하고 멍청하다는 것쯤은 알았다. 그러나 어쩌겠는가. 그게 가족인데…….

　우연은 누군가 기댈 사람이 필요했다. 아직 중학교 3학년의 나이인 동생은 자신이 기대기엔 너무 어렸고, 죄책감이 들었다. 우인만 보면 고맙지만 미안했고, 돌아가신 어머니와 집을 떠난 아버지의 얼굴이 떠올라 괴로웠다. 꼭 무언가 해줘야 할 것 같다는 기분이 늘 가슴 속에 깊게 자리 잡고 있었다. 어쩌면 아버지라는 수단을 통해 자신의 죄책감과 복잡한 감정들로부터 벗어나고 싶었던 것일지도 몰랐다.

　아무튼 그들의 기묘한 동거는 생각보다 오래 괜찮은 형태로 지속되었다. 아버지도 새로운 일을 찾아 나섰고 형편이 조금은 괜찮아져 동생도 검정고시를 다시 준비하기로 하였다. 그러나 같이 지낸 지 3개월이 조금 넘어갈 무렵 아버지는 본성을 드러내기 시작했다.

　사실, 어렸을 적 그녀가 봤던 아버지의 모습과 지금의 아버지 모습 중 어느 것이 진짜 아버지였는지 알 수 없었다. 아버지는 점점 술에 취해 들어오는 날이 많아졌고, 우인과 우연이 아무리 돈을 아껴야 한다고 말해도, 돈은 쓰는 만큼 다시 되돌아오는 법이라며 회사 사람들에게 돈을 퍼주곤 하였다.

　사건은 우인의 생일날 터졌다. 우인과 우연은 아버지가 나간 후 매년 생일마다 하는 약속이 있었는데, 그날 아침에 서로 미역국을 끓여주는 것과 꼭 집 앞 빵집에서 우연의 생일에는 생크림 케이크를, 우인의 생일에는 초코 케이크를 사오는 것이었다. 그들에게 관습처럼 자리 잡은 일이었고, 이번 생일도 당연히 그렇게 보내려고 했다. 밤늦게 돌아온 아버지는 자신만 빼고 파티를 하고 있었던 것에 화가 났는지 술에 잔뜩 취한 채로 고생하는 애비를 놔두고 케이크가 들어가냐며 우인을 구타하기 시작하였다.

처음엔 장난으로 툭툭 치는 줄 알았다. 그러나 그게 아니라는 것을 그 화살이 자신에게 돌아오고 나서야 알게 되었다. 아버지는 약해 보였고 실제로도 그리 세지는 않다고 여겼다. 그러나 자신의 아버지에게 맞았다는 충격과 술을 마시지 않으면 멀쩡한 그의 모습이 우연을 혼란스럽게 만들었다.

무엇이 진심인지 도무지 알 수 없었다. 차라리 사과를 하지 않았더라면 마음껏 원망할 수 있었을 것이다. 아버지의 사과는 어딘가 진심으로 느껴졌고 술도 줄이고 있다는 것을 알았기에 제대로 화를 낼 타이밍도 놓쳐버리고 말았다. 우인은 그런 우연이 답답한 듯 어느 순간부터 집에 잘 들어오지 않게 되었고 집에는 우연과 아버지만 있는 일이 잦았다.

그러던 어느 날이었다. 평소처럼 가게에 출근한 우연은 앞치마를 두르고 일할 준비를 하기 시작했다. 새로 들어왔다는 직원이 옆에서 종알종알 떠드는 걸 들으며 일을 하던 우연은 이상한 말을 듣게 됐다.

"아아~, 근데 여기는 시급이 다른 데보다 높아서 좋은 것 같아요. 만 이천 원이나 주고."

"뭐? 너, 뭐 잘못 안 거 아냐? 우리 시급 만 이천 원 아닐 텐데……."

"엥? 계약서에 그렇게 적혀있던데요."

그럴 리가 없다. 의아하게 생각하던 우연의 뇌리에 순간 어떠한 것이 스쳐 지나갔다. 우연은 곧바로 사장에게 가 물어보았다. 우연이 생각했던 그것이 절대로 아니기를 바랐던 그 대답이 돌아왔다. 아버지가 우연의 시급을 업장에 찾아와 챙겨갔다는. 그것도 3개월 동안 쭉.

"아니, 잠깐만. 말 끊어서 미안한데, 그럼 지금 그새, 아니 그 자식이 그

쪽 돈을 빼돌렸다는 거야? 다시 잘해보려 온 거 아니었어?"

경주혁이 화난 얼굴로 말했다.

앞에 앉은 여학생, 성우연은 한번에 말을 너무 많이 한 탓인지 목소리를 가다듬곤 고개를 주억거렸다. 고작 18살 남짓인 애한테 일어나기엔 너무 벅찬 것들이었다. 소장이 수치를 말해주지 않아도 그녀의 불행 수치가 평균을 월등히 뛰어넘는다는 것은 충분히 짐작 가능했다.

이곳에 오기 전부터 이 말을 꺼내는 장면을 수없이 떠올리고 연습한 티가 나는 독백이다. 그만큼 우연의 말에는 군더더기가 없었다.

그러나 경주혁은 우연의 이야기를 듣는 것이 불편했다. 앞으로 어떤 이야기가 펼쳐질지 충분히 예상되었기 때문이다. 성우연이 성우인을 보고 부모님을 떠올리는 것처럼 경주혁 또한 성우연을 통해 다른 사람을 보고 있었다. 경주혁의 표정이 점차 굳어지는 걸 본 신세은이 발로 툭툭 신호를 보내왔다.

성우연은 머릿속을 정리하려는 듯 혼자 말을 몇 번 우물대더니 이내 다시 이야기를 시작하였다.

*

성우연은 곧장 집으로 갔다. 당장 아버지에게 따져 묻고 싶은 일들이 너무 많았다. 그러나 들을 대답이 무엇일지 두려웠던 걸까. 막상 그 앞에 서자, 아무 말도 나오지 않았다. 지금까지 했던 선택이 모두 잘못되었다는 사실을 인정하고 싶지도 않고, 과거의 행복했던 추억을 현재의 사건으로 인해 더럽히고 싶지도 않았다.

결국, 우연은 그 사실을 그냥 덮어두기로 했다. 몇 십만 원 정도는 가정의 평화를 위해 포기해도 될 것 같았다. 그러나 한번 깨진 신뢰는 복구되기 어렵다는 말처럼 우연은 더 이상 아버지를 믿을 수 없었다. 지금까지 스스로 합리화하여 만들어낸 무책임했지만, 반성할 줄 아는 좋은 아버지라는 프레임조차 그의 실체를 가리기엔 한없이 부족했다. 우연은 그가 그 돈을 빼돌려 무슨 일에 사용하는지 궁금해졌고, 그 궁금증을 풀기 위해 아버지의 핸드폰에 손을 대기 시작했다.

다행히도 아버지의 폰엔 아무 이상이 없는 듯했다. 그제야 우연은 안도했다. 자신의 선택이 틀리지 않았다는, 우리가족은 돈이 없어도 화목하니 괜찮다는, 스스로가 행복한 사람이라는 자기 위안은 우연의 삶에 원동력이 되어주었다. 아버지의 핸드폰을 끄고 다시 자신의 방으로 돌아가려던 그때, 아버지의 폰에 카카오톡이 두 개 깔린 것을 발견하였다. 앱 하나를 숨겨놔 눈치 채지 못했던 것이다.

'하나의 핸드폰에 카카오톡이 두 개나 깔릴 수 있나? 안 되는 걸로 알고 있는데……, 그럼 이건 뭐지?'

의아하게 생각한 우연은 불길한 기분을 떨쳐내려 고개를 몇 번 흔들곤 두 번째 카카오톡에 접속하였다. 그곳에는 가히 충격적이라 할 수 있는 내용들이 가득했다. X로 설정되어 있는 이름과 여러 오픈채팅방 가입 기록, 사장님들과 주고받은 대화 내용들로 미루어보아 아버지가 무슨 불법적인 일에 연관된 것이 확실해 보였다.

대화 내용은 알아듣기 힘들 정도로 채팅창엔 육두문자와 이상한 단어들이 잔뜩 나열되어 있었다. 우연은 잘 돌아가지 않는 머리를 억지로 돌려 상황을 파악해 보려했다. 그러나 모든 증거들이 필사적으로 우연이 부정해오던 결론으로 귀결되고 있었고, 우연은 그 즉시 집으로 달려갔다. 아버지를 만나면 무슨 말을 해야 할지도, 어떤 표정을 지어야 할지도 정하지 못했지만 이대로 있으면 안 될 것 같았다.

*

집에 도착해 거칠게 문을 열어젖혔다. 당황한 표정에도 아버지는 우연을 반겼다. 벌써 올 시간이 아니지 않냐며 아무것도 모른다는 듯 순진하게 물어오는 꼴에 구역질이 치밀었다. 사람은 자신이 보고 싶은 대로만 보고, 기대한 대로 생각한다고들 하였는데 지금 우연의 꼴이 딱 그랬다. 기대도 많이 하면 습관이라더니.

우연의 상태가 이상한 걸 눈치 챈 아버지, 아니, 그 인간이 우연에게 손을 뻗었다. 의도적으로 그 손을 쳐낸 우연은 자신의 상황이 우스운 듯 정신이 나간 사람처럼 웃기 시작했다. 그녀의 양 어깨가 들썩였고, 그는 당황한 듯 우연의 눈치를 살피며 무슨 일이 있냐고 물어왔다.

"무슨 일이 있긴요, 아버지. 그걸 저한테 물으시면 어떡해요? 제 일이 아니고 아버지 일인데……."

웃음을 멈춘 우연은 성큼성큼 서랍장으로 다가가 집 안에 있는 모든 서랍을 다 꺼낼 기세로 뒤지고 또 뒤졌다. 증거가 집에 안 남아있을 리 없다. 우연의 방에는 없을지 몰라도 아버지의 방이나 거실에는 기필코 있을 것이다.

갑작스런 우연의 행동에 아버지는 무척 혼란스러워 보였다. 그러나 그의 머리는 누구보다 빠르게 돌아가는 듯했고, 곧 우연이 모든 진실을 알았다는 결론에 도달한 아버지는 우연의 행동을 막았다. 그와 눈이 마주치자 우연은 조소를 터뜨렸다. 그의 말을 깡그리 무시한 채로 서랍을 뒤지는 걸 계속했다. 그의 팔이 우연을 가로막았고, 그녀는 직감적으로 그곳에 무언가 중요한 게 있다는 것을 알아챘다.

더 이상 실망할 것도 없다고 생각했는데, 자식이고 뭐고 자신의 치부를 숨기기에 급급한 그의 모습에 그나마 남아있던 오만 정도 다 떨어져버린 우연은 젖 먹던 힘을 끌어내 서랍을 잡아당겼다. 서랍을 열자 나온 건 여러 대의 공기계와 현금다발, 그리고 정체를 알 수 없는 약들이었다.

"성우연!!!!!! 너 미쳤어? 왜 이래 진짜!"

우연은 태어나서 그렇게 큰 소리를 처음 들어봤다. 자신의 아버지가 그렇게 소리를 지를 수 있는 사람인지조차 모르고 있었으니 말이다. 우연은 허탈한 듯 실실 웃으며 바닥에 깔린 약들과 공기계를 촬영하기 시작했다. 곧 머리채를 잡힌 우연은 뒤로 팽개쳐지고, 벽에 부딪혔다. 악, 하는 단말마의 신음이 방에 울려 퍼지고 우연은 정신을 잃었다.

*

"그래서? 그래서 어떻게 됐는데?"

경주혁이 우연의 대답을 독촉하였다. 우연은 정신을 잃어 그 사이 일은 기억이 나지 않는다고 말했다. 다만, 정신을 차리고 나니, 피가 범벅인 채로 응급실 침대에 누워있었고, 동생과는 더 이상 연락이 되지 않는다고 했다. 그 사이에 무슨 일이 일어난 것인지는 모르겠지만 상황적으로 봐서 우연의 아버지가 죽었고, 동생이 범인이라는 것뿐. 우연도 동생 우인이 무슨 연유로 아버지를 죽였고, 그 과정이 어땠는지는 알 수 없었다.

"사실, 여기 온 이유도 그것과 관련해서예요. 여기가 불행을……, 청소해 준다고 해서. 동생이 지금 재판으로 감옥에 갔거든요. 그 일 때문에……, 그런데 저는 아무것도 기억이 안 나고……, 기억이 난다고 하더라도 제 동생이 아무런 이유 없이 그럴 애는 아니거든요. 게다가……, 그 약이랑 도박 사이트까지 증거가 다 남아있었는데 아무도 그걸 모른다는 게……."

감정이 북받친 듯 우연이 말을 잇지 못하고 적막을 내뱉었다. 신세은이 우연의 손을 잡아주고 등을 또 토닥였다.

지금까지 묵묵히 이야기를 듣던 소장이 벌떡 일어나더니 주혁과 세은에게 준비하라고 일렀다. 제대로 진정되지 않은 우연을 뒤로하고 편히 쉬고 있으라며 소장이 담요를 덮어주었다. 불행 청소를 확실히 진행하려면 내담자의 상황을 완벽히 이해해야 했기에 그들은 그 상황을 알아보러 가장 먼저 내담자의 집으로 향했다.

*

내담자의 집은 사람이 죽은 곳이라기엔 생각보다 평범했다. 원래 살인사건은 평범한 곳에서 일어나는 거라고들 하지만 그것과는 별개로 주변에 아무런 흔적도 남아있지 않았다. 아마 사건이 이미 다 해결되었기 때문이겠지. 소장은 주혁과 세은을 데리고 건물 안으로 들어갔다. 애초에 그렇게 좋은 아파트도 아니었을 뿐더러 사건이 일어난 그녀의 집도 방이 한두 개 딸린 작은 곳이었기에 들어가기는 수월했다. 우연의 집에선 화학약품 냄새와 꿉꿉한 냄새가 함께 났고 사람이 출입한 지 며칠은 지난 듯 사람의 온기가 전혀 느껴지지 않았다. 사건이 일어난 건 거실로 추정되었기에 그들은 거실로 가 곳곳을 살피기 시작했다. 그새 사건을 찾아본 세은이 소장에게 사건에 대해 정리해 일러주었다.

"어……, 뉴스에서는 성우인 군이 아버지의 머리를 서랍으로 두어 번 가격해 살인한 걸로 나와 있어요. 아마 그 서랍이 우연이가 증거를 발견했다던 서랍이지 않을까 싶은데요. 사실 서랍은 다들 사용하는 거라 지문이 여러 개가 남아있을 텐데도 우인 군이 범인으로 꼽힌 건 그…… 자수를 해서인 것 같고요."

"자수를 했다고?"

"네, 성우인 군이 자신이 아버지를 죽였다고 경찰서에 직접 전화를 했다고 하네요. 다만 의아한 점은 전화한 시간이 아버지를 살해한 시간으로 추정되는 오후 3시로부터 2시간이나 지난, 오후 5시라는 거고요. 아마 우연이를 병원에 먼저 이송시키고 자수를 하지 않았나 싶어요."

"그런데 왜 아버지의 증거를 은폐했지?"

"저도 그게 좀…… 아무리 그래도 자기 아버지라 그랬던 걸까요? 그런데 우연이의 말에 따르면 우인이는 그 당시에 아버지에 대한 반감이 꽤나 심했던 상황이었을 텐데요."

신세은과 소장이 대화하는 사이 경주혁은 우연의 방을 살피고 있었다. 바닥을 유심히 보던 그는 옷장 밑에서 무언가 반짝이는 걸 발견하곤 엎드려 그 밑을 바라보았다. 옷장 밑은 어두워 잘 보이지 않았으나 다른 곳에 비해 먼지가 눈에 띄게 덜 쌓여있었다. 마치 누군가 최근 옷장 밑에 무언가를 둔 것처럼. 주혁은 서랍에 있는 긴 자를 사용해 옷장 밑을 뒤지기 시작했다. 툭, 하고 자에 무언가 걸린 순간 주혁은 그것을 빼내도 되는지 잠시 고민했으나 행동이 생각보다 빨랐기에 그의 손에 의해 그 형체 모를 덩어리가 빠져나왔다.

덮여있는 먼지들을 치워내자 우연이 말한 것과 정확히 일치하는 알약들과 서류들이 잔뜩 구겨진 채로 드러났다. 정말 일부러 은폐한 건가? 주혁이 그 의문을 해소하지 못한 채 서류들을 펴보자 알 수 없는 단어들이 빼곡했다. 그걸 찬찬히 읽던 주혁의 눈에 순간 이상한 문구 하나가 띄었다.

'……마약 유통은 성우연을 통해 진행되며 증거처리는 갑이 맡는다.'

순간 모든 아귀가 맞아 떨어지는 듯한 느낌이 들었다. 만약 성우인이 이 사실을 알고 있었더라면? 성우연까지 같이 연루될까 봐 모든 것을 은폐했을 수도 있을 것이다. 그렇게 생각하면 모든 게 말이 되었다. 주혁이 이 사실을 밝혀야 하는지에 대해 고민하고 있던 찰나 밖에서 큰 소리가 들렸다. 서둘러 밖으로 나가보니 세은의 손에 피 묻은 은색 반지 하나가 놓여있었다.

아무런 무늬도 없이 밋밋한 반지였기에 오고 가며 흔히 봤을 가능성이 높았으나 어딘가 찝찝한 기시감을 떨칠 수 없었던 주혁의 뇌리에 순간 어떤 생각 하나가 스쳐 갔다. 우연의 손에 남아있던 뺀 지 얼마 안 된 듯한 반지 자국과 우연의 집에서 나온 피 묻은 반지. 소장이 처음 보여준 기사에 나와있던 피해자는 얼굴에 손톱자국이 잔뜩 남아있다고 하였다. 그런데 가해자의 손톱에선 그의 혈흔이 안 나왔다.

우연의 손톱은 일반적인 사람들과 비교하여도 훨씬 짧을 정도로 바짝 깎여있었다. 과연 이 모든 게 다 우연일까? 어쩌면 진짜 아버지를 죽인 범인은 성우연이 아닐까. 경주혁은 몸의 피가 급속도로 빠르게 식어가는 듯한 기분을 느꼈다. 자신의 예감이 틀리기를 바랐지만 그의 머리는 마치 그것이 사실이라는 걸 알려주기 위해 안달난 사람처럼 팽팽 돌아가기 시작했다. 신세은과 소장도 무언가 눈치를 챈 듯 가만히 주혁의 말을 기다렸다. 이내 머릿속을 정리한 주혁은 자신이 생각하는 이 사건의 전말을 얘기하였다.

*

바닥에 밀쳐진 성우연이 발견한 건 자신의 이름이 적힌 계약서였다. 자신의 몸을 통해 마약이 배달될 거라는 충격적인 내용을 본 성우연은 분노에 몸을 제대로 가둘 수 없었고, 발끝부터 머리끝까지 차게 식어 온몸이 부르르 떨릴 지경이었다. 그녀는 떨리는 목소리로 그에게 물었다.

"지금 이게 다 무슨 소리야? 내 몸에 마약이 있다는 건 아니지?"

"……우연아."

"아니, 아빠!! 이게 무슨 경운데. 나 아빠 딸 아니야?"

아마 성우연은 지금껏 일어난 모든 일들을 감당할만한 정신력을 가지고 있지 않았을 것이다. 대부분의 사람이 그렇듯. 분노가 머리끝까지 치솟으면 눈앞이 샛노래질 수도 있다는 것을 우연은 처음 알았다.

우연의 팔이 저절로 바닥에 떨어진 서랍을 주워 그의 머리를 강타했다. 그는 살기 위해 우연의 팔을 잡았고 우연은 벗어나기 위해 발버둥 쳤다. 그의 얼굴을 손톱으로 긁어내자 눈이 찔린 그가 잠시 주춤했고 그 틈을 타 우연은 다시 서랍으로 머리를 내리쳤다. 강한 충격에 정신을 잃은 그의 머리를 무의식적으로 계속해서 때리던 그녀는 도어락 비밀번호를 누르고 들어오는 동생에 의해 정신을 차릴 수 있었다.

이런 현실을 받아들일 수 없던 우연의 뇌는 생존을 위해 이 모든 기억을 지우기로 결정했고 상황 파악을 끝낸 우인은 우연의 행복을 위해, 당사자도 모르는 완전범죄를 꾸며낸 것이다.

가장 먼저 우연의 손을 씻기고, 이미 죽은 그의 머리를 우인이 직접 두어 번 더 내리쳤다. 강한 정신적 충격으로 인해 기절한 우연을 위해 구급차를 부르고 아버지가 한 만행들을 한껏 뭉쳐 옷장 밑에 꾸겨 넣었다. 밖으로 돌아다니면 들킬 게 뻔했기에 마땅히 숨길 곳이 없었던 탓이었다. 일부러 몇 시간 정도 시간을 끈 우인은 우연이 병원에서 정신을 차릴 때쯤 자수를 했고. 이로써 우인은 우연을 위한 완전범죄를 만들어냈다.

*

주혁은 머리가 복잡했다. 이 모든 것이 사실이라면, 우연에게 말해주는 것이 맞는 선택일까. 세은은 숨기는 것이 맞다고 얘기했고, 소장은 그래도 진실을 알릴 필요가 있다고 말했다. 이미 종결된 사건이기에 더 들쑤실 순 없는 노릇이었지만 적어도 우연에겐 모든 걸 말할 수 있었기에 그는 신중해질 수밖에 없었다.

특히 자신도 우연과 비슷한 일을 겪고 자랐기에 더더욱 그녀에게 공감할 수밖에 없었던 것이다. 이곳, 그러니까 불행 청소센터에 오기 전 주혁도 우연과 비슷한 삶을 살고 있었고, 계속되는 학대에 못 이겨 그를 죽이려던 그때 소장과 세은을 만났고 다행히 그런 불행한 일은 일어나지 않았다. 우연과 자신의 차이점이라곤 운이 좋았느냐 나빴느냐 밖에 없었다. 자신도 우연과 똑같은 선택을 하기 직전이었고, 김 소장과 세은이 없었더라면, 자신 또한 지금 감옥에 가 있었을 테니까.

우연을 심판할 권리도, 우연을 비난할 권한도 주혁에겐 없었다. 다만 모든 진실을 알게 된 우연이 어떤 선택을 할 지 알 수 없다는 점이 마음에 걸렸다.

"그래서 어떻게 할 생각인데? 나랑 소장님은 네 선택에 맡길게. 어차피 네 역할은……."

"결정했어. 일단 성우연 있는 쪽으로 가자. 불행을 청소하든 말을 하든 만나서 해야 하는 건 똑같으니까."

셋은 다시 사무실로 향했고, 우연은 피곤했는지 소파에 기대 잠들어 있었다. 가져온 반지가 우연의 손가락에 딱 맞는 걸 확인한 주혁은 우연이 깨기를 가만히 기다렸다. 불행수치를 측정하는 소장과 불행의 이유를 파악하는 세은이다.

그렇다면 주혁의 역할은 무엇일까? 주혁에겐 남들이 가진 불행을 대신 흡수하는 능력이 있었다. 말 그대로 불행을 청소해주는, 이곳 불행 청소센터에서 가장 중요한 능력을 가졌다. 소장이 자신을 찾은 것도 아마 그 이유일 가능성이 높았다. 각설하고, 다시 원점으로 돌아가서 불행청소는 당사자의 마음이 가장 편할 때 쉽게 이루어지기에 우연이 편히 자도록 내버려둔 주혁은 사무실 환기를 시키며 생각을 정리했다.

해가 떨어지고 캄캄해질 즈음 우연이 눈을 떴다. 주혁은 어떻게 말해야 할지 모르겠다는 듯 곤란한 표정을 짓더니 이내 운을 뗐다. 괴롭더라도 사건의 전말을 모두 알고 싶냐고 묻자 우연은 고민하는 듯하더니 이내 고개를 주억거렸다.

주혁은 자신이 생각한 사건의 전말을 우연에게 모두 전해주었다. 사시각색으로 변하던 우연의 표정은 이내 얘기가 끝나갈 쯤에는 말로 형용할 수 없을 정도로 이상해졌고 마치 모든 걸 포기하려는 듯 체념의 찬 얼굴 같기도 했다. 불행청소는 이제 더 이상 필요 없을 것 같다는 우연의 말과 동시에 주혁이 우연의 손을 잡았다.

주혁은 그 마음을 누구보다 잘 알았기에 빨리 진행할 수밖에 없었다. 주혁이 우연의 손을 잡은 채로 눈을 감자 우연의 기억이 주혁에게로 흘러들어 갔다. 우연의 고통과 감정들이 완화되며 고스란히 주혁의 몸에 쌓이자 우연의 표정이 한결 편해지는 것이 느껴졌다.

그만큼 주혁의 몸에 피로가 쌓여갔지만 이게 주혁의 일이었기에 그는 다시 정신을 집중하고 우연의 일생을 되짚는 데 집중했다. 이내 모든 과정이 끝나고 주혁은 힘에 부친 듯 바닥에 털썩 주저앉았다. 우울하고 역겨운 감정들이 역류해 금방이라도 목구멍으로 튀어나올 것 같은걸 간신히 삼켜내자 곧 그 감정들이 정화되는 게 느껴졌다.

우연은 어리둥절한 표정으로 주혁을 멍하니 쳐다보았다. 감정이 사라진 기억들은 아무런 의미도 없다. 지금 우연의 상태가 딱 그러했다. 방금까지 모든 걸 포기하고 있던 우연은 마치 다른 사람이 된 것 마냥 눈에 생기가 돌았고 희망차보였다. 잠시 기억을 되짚던 우연은 주혁과 김 소장, 세은을 번갈아보더니 감사의 인사를 전하곤 홀연히 사라졌다.

"······잘했어. 첫 임무 성공이네, 경주혁."

소장이 주먹을 내밀자 주혁도 옅게 웃으며 자신의 주먹을 맞부딪쳤다. 옆에서 신세은이 눈물을 뚝뚝 떨구며 팔을 벌려 안아왔다. 우연도 주혁처럼 새로운 삶을 살 수 있기를 바라며 주혁 또한 마주 웃어보였다.

*

불행 청소센터에게

안녕하세요, 불행 청소센터 직원선생님들. 이렇게 부르는 게 맞나 싶지만 마땅한 단어를 찾지 못해서 이해해 주실 거라고 믿습니다. 아참, 저는 성우연이에요. 처음 찾아갈 때만 해도 별 기대 없이 마지막으로 가 본 거였는데, 좋은 결과를 얻게 될 줄은 몰랐네요.

저는 지금 잘 살고 있어요. 객관적으로는 모르겠지만 적어도 그때보다는 훨씬요. 우인이 면회도 자주 갔어요.

가서 대화도 하고……, 주혁 님 예상이 맞았어요. 동생은 아니라고 극구 부인했지만 한편으론 놀란 눈치더라고요. 기사를 보셨을 지도 모르겠지만 저 또한 진실을 알리기 위해 힘쓰고 있어요.

제 동생이, 그리고 제가 좀 덜 억울하기 위해서요. 모든 사실을 듣고 난 뒤엔 정말 모든 걸 포기하고 싶었었는데 정말 불행 청소라는 게 가능한 건지, 그 이후로 그런 우울하고 부정적인 감정이 많이 줄어들었어요. 아예 사라질 순 없겠지만 어찌되었든 분명한 건 지금 제가 살고 싶다는 거예요. 제 불행을 청소해주셔서 진심으로 감사드립니다.

성우연 올림

친애하는 로시에게

이민주

친애하는 나의 일기장에게

선선한 바람. 너무 따갑지 않은 햇살. 오늘 같은 날은 밖에 나가서 산책이라도 하고 싶은데, 지금 나에겐 불가능한 일이다. 나는 아직 정리가 덜 된 이삿짐들을 바라보았다. 방금 전까지 여러 사람이 지나다녀 시끄러웠던 이곳은 이제 작은 소음들만 간간이 들려왔다. 조금 좁지만 혼자 살기에는 넓은 이 집은 오늘부터 나의 안식처이다.

"선화야, 여기 있는 책들 다 정리했어."

언니의 말에 작은방 쪽을 돌아봤다. 언니와 친구 지영이가 나오고 있었다.

"아, 고마워. 이제 침실만 정리하면 다 끝날 것 같은데?"

"그러네, 그나저나 작가님 아니랄까 봐 역시 책이 정말 많네."

지영이의 말에 언니도 웃으며 끼어들었다.

"하하, 그러네. 덕분에 옮기느라 힘들었어."

장난스럽게 말하는 그들에 나는 뾰로통한 표정을 지었다. 이럴 때 보면 동생이고 친구인 나보다 저 둘이 더 잘 맞는 것 같단 말이야.

"이사 도와줘서 정말 고맙네요. 놀리지 않으면 더 고마울 것 같은데."

내 말에 두 사람은 낄낄 웃었다.

"그렇지만 선화가 멋진 작가님인 건 맞는 말이잖아?"

빙그레 웃는 언니에게 조금 얼굴을 붉히며 말했다.

"아직 책 한 권 낸 게 다인 걸. 작가님이란 호칭은 좀 어색하단 말이야."

두 사람은 내 반응이 재밌다는 듯 웃음을 지었다.

"그래도 꽤 유명하잖아? 데뷔작 치고는 인기도 많고."

지영의 말에 언니도 고개를 끄덕였다.

"아 맞다! 그보다 선화야, 아까 책 정리하다가 찾았는데 이 오래된 책은 뭐야, 일기장인가? 시중에 판매되는 책은 아닌 것 같아서 책장에 안 꽂고 따로 빼두었거든."

지영이의 물음에 언니와 나는 동시에 지영이가 들고 있는 책의 표지로 시선을 돌렸다.

"맞아. 저 책 전에 선화가 쓰던 책 맞지? 나도 일기장인 것 같아서 펼쳐보진 않았어."

떨떠름해 보이는 표정으로 말하는 언니를 뒤로한 채 나는 책의 표지를 훑어보았다.

"아, 그 책은…, 내가 처음으로 쓴 '이야기'야."

그렇게 말하며 지영이에게 그 책을 건네받았다.

"어떤 이야기인지 물어봐도 돼?"

언니의 물음에 잠시 나는 기억을 더듬으며 말했다.

"나에게 용기를 주었던 어떤 친구에 대해 썼던 이야기야. 어렸을 때 만났던 친구인데 지금은 멀리 떠나버렸거든."

내 말에 두 사람은 괜히 미안한 표정을 지으며 말했다.

"그래? 어디로?"

"음, 글쎄. 하지만 언젠가 만날 수 있을 거야. 그러겠다고 약속했거든."

그렇게 말하며 책의 표지를 넘겼다. 그리고 아주 오래전 썼던 한 문장을 바라보았다.

'이 이야기는 친애하는 나의 친구에게 바친다.'

펼쳐진 낡은 책 페이지 위에 적힌 한 문장을 마치 부서지기라도 할 것처럼 조심스레 쓸어내렸다. 추억을 더듬듯 그 글귀를 매만지고는 잠시 잊고 지낸 어린 시절의 추억 속으로 빠져 들어갔다.

나의 시계는

"선화야, 많이 기다렸지? 어서 가자."

고개를 들어 엄마를 한 번 보고는 벽에 걸린 시계로 시선을 옮겼다. 째각거리는 분침은 내가 기다린 20분을 가리키고 있었다. 나는 '기다림'이 싫다. 마치 영원히 누구도 데려오지 않을 것 같다는 생각이 들기 때문에. 이대로 버림받는 것은 아닐까, 하며 영원 같은 시간을 참아낸다.

"언니가 학원이 조금 늦게 끝났어. 선화가 늘 의젓하게 기다려주니 엄마가 참 편해."

엄마는 말없이 그저 자신을 바라보는 내가 익숙하기라도 한다는 듯이 어깨를 한 번 으쓱하시곤 차의 운전석 쪽으로 몸을 돌렸다. 그런 엄마의 모습을 잠시 바라보다가 이내 엄마를 따라 차에 올라탔다. 창문에 머리를 기댄 채 지나가는 풍경을 바라보았다. 높은 건물들 사이로 이제 막 이파리를 틔워내는 가로수들이 늘어져 있었다. 봄이라는 계절을 알리려는 듯 가지마다 여린 잎들이 나오기 시작했다. 아마 이제 곧 저 나무들 사이로 새하얀 벚꽃들이 만개할 것이다. 삭막한 이 거리도 다시금 봄으로 물들어 갈 것이라는 생각에 들뜬 탓일까, 방금까지 소란스럽던 마음이 조금 안정되기 시작했다. 나는 엄마가 언니에 대해 조잘조잘 이야기하는 것을 흘려들으며 조용히 눈을 감았다.

"선화야! 선화야!"

나를 부르는 소리에 조용히 눈을 뜨니 엄마가 내 쪽을 바라보고 계셨다. 창밖을 바라보니 익숙한 건물이 보였다. 집이었다. 깜박 잠이 들었던 모양이다.

"어서 내리렴, 오늘 많이 피곤했나 보구나."

"네."

짧게 대답하며 차에서 내린 나는 익숙한 발걸음으로 집으로 들어가 곧장 구석에 위치한 내 방으로 향했다. 그리고 곧장 침대로 뛰어들고는 곧장 머리맡에 있던 책을 펼쳤다. 익숙한 제목의 고풍스러워 보이는 표지, 어제 읽다만 책이었다. 나는 설레는 마음으로 조심스럽게 책갈피를 당겨 해당 페이지를 펼쳤다. 어제 읽었던 장면이 펼쳐졌다. 그러곤 곧장 다시금 책의 이야기 속으로 빠져들었다. 등장인물들이 내게 조용히 속삭이며 자신의 이야기를 시작한다. 내 이야기를 들어달라고 계속 나에게 말을 건넨다. 나는 상상 속에서 책 속의 인물들과 소통했다. 함께 대화를 나누고, 모험하고, 춤을 추고, 그리고 그들을 사랑하면서. 책 속의 이야기들이 종이 밖으로 튀어나와 내 방을 가득 채운다. 두둥실 떠다니는 이야기들이 나의 작은방에서 하나의 세계를 이루어나간다. 그렇게 작은 우주가 만들어진다. 정신없이 페이지를 넘기다 갑작스럽게 들려오는 소리에 순간, 나는 현실로 내던져졌다.

"선화야, 밥 먹어야지!"

시계를 보니 벌써 저녁때가 되었다. 읽다만 부분에 책갈피를 끼워두고 '탁' 소리가 나게 책을 덮었다. 주방 식탁에는 이미 엄마와 언니가 앉아있었다.

"선화 나왔어요, 엄마. 그래, 오늘도 책을 읽었나 보구나?"

언니의 말에 고개를 끄덕이며 의자에 앉았다. 식사를 하며 엄마는 언니에게 오늘은 무슨 일이 있었는지 이것저것 물었고, 언니는 조잘조잘 대답했다. 두 사람의 모습이 마치 나와는 관계없는 소설 속 한 장면 같았다. 나에게 하나뿐인 언니는 나와는 정반대이다. 매사에 긍정적이고 늘 밝은 언니는 남들이 흔히 말하는 '엄친딸'이다. 공부도 학교생활도 늘 성실하게 하고, 음악적 재능도 있어서 가끔 나가는 피아노 콩쿠르에서도 입상하곤 하였다. 언니는, 나와는 다른, 완벽한 사람이었다.

"선화는 오늘 어땠어? 학교생활은, 잘 적응했고?"

엄마가 갑자기 나를 보며 질문을 던졌다. 그러자 언니도 얼굴에 호기심을 품으며 나를 쳐다보았다.

"맞아, 새 학기가 된지 좀 됐잖아? 친구는 생겼어?"

그 물음에 살짝 당황한 채 조금 머뭇거렸다. 그런 내가 답답했는지, 언니가 재촉했다.

"어떤데? 어서 알려줘, 친구는 생겼어?"

"…응. 생겼어."

충동적으로 대답하고 아차 싶었다. 그도 그럴 것이 친구는커녕 아직 반

애들과 말 한마디도 섞지 못했기 때문이다. 낯가림과 소심한 성격 탓에 나는 그저 조용한 아이가 되어 버렸다. 혼자서 책을 읽는다던가, 그림을 그리는 걸 더 좋아해서 딱히 친구가 없어도 신경 쓰지 않았다. 그런데 엄마와 언니는 내게 친구가 없는 게 걱정되었나 보다. 그래서인지 순간 나도 모르게 친구가 생겼다는 거짓말을 해버렸다. 내 대답에 엄마가 환하게 웃으셨다.

"정말? 다행이다. 사실 조금 걱정했거든. 나중에 꼭 소개해 줘."

"나중에, 괜찮으면요. 잘 먹었습니다"

양심에 찔린 탓인지 황급히 도망치듯 식탁에서 벗어나버리고 말았다. 방에 들어선 뒤 숨을 몰아쉬었다. 가슴이 콩닥콩닥 뛰었다. 언뜻 아까 읽다만 책을 더 읽을까 하다가 치우고 익숙한 일기장을 펼쳐 오늘 하루를 적어나갔다.

수상한 그 아이

눈을 떠 보니 창밖에서 조용한 새소리가 들려온다. 이른 새벽이었다. 어제 일찍 잠든 게 화근이었나, 평소 일어나는 시간보다 훨씬 일찍 눈이 떠졌다. 개운한 기분에 오늘은 좀 더 일찍 하루를 시작해 보기로 했다. 평소처럼 시리얼에 우유를 부어 간단하게 아침을 먹은 후, 혼자 학교에 가겠다고 짧게 적은 쪽지를 남겨둔 채 무턱대고 가방을 챙기고 발길을 옮겼다.

아침 일찍 밖으로 나오니 평소의 북적거리는 등굣길과는 사뭇 다르게 느껴졌다. 그 많았던 아이들은 하나도 없고, 지나가는 사람 몇 명의 발소리와 새들이 지저귀는 소리만 들리는 것 같았다. 그 풍경을 보니 마치 이 세상에 나 혼자 남겨진 것 같은 기분이 들었다.

어제 읽다만 책의 등장인물들을 머릿속에 떠올리며 상상을 그려나갔다.

망상들을 계속 이어 나가며 발걸음을 옮겼다. 발끝마다 나의 상상들이 흩뿌려져 주위를 물들였다. 흩뿌려진 나의 상상들이 온갖 것들을 만들어나갔다. 주변의 꽃과 나무들은 나의 상상이 덧칠되어 더욱 형형색색으로 빛났다. 문뜩 정신을 차리고 주위를 둘러보았다.

매일 지나가는 등굣길이었다. 아무 생각 없이 발이 움직이는 대로 가다 보니 무의식적으로 익숙한 길을 찾았나 보다. 난 곧바로 놀이터 쪽으로 발걸음을 옮겼다.

'꼭 탐험하는 기분이야! 그래, 주인공처럼!'

마치 탐험을 하는 등장인물이 되었다는 엉뚱한 상상을 하며 이곳저곳을 돌아다녔다. 주변에 피어 있는 들꽃을 구경하며 저기에 저런 꽃이 피어 있었나 하는 생각을 하면서 걷다 보니 어느새 놀이터에 도착해 있었다. 평소에 아무도 오가지 않는 장소인 만큼 매우 고요했다.

나는 놀이터를 둘러보다가 벤치에 앉아 책을 읽기 시작했다. 어제 읽다만 그 책이다. 다만 여러 생각이 오가 어제만큼 집중하기 힘들었다. 그냥 지금 학교로 갈까 생각하던 그 순간, 어제처럼 갑자기 들려온 목소리가 내 정신을 어지럽혔다. 하지만 그때와는 달리 익숙하지 않은, 처음 듣는 목소리다.

"안녕?"

갑작스럽게 들려온 인사에 순간적으로 고개를 들었다. 내 앞에는 한 남자아이가 서 있었다. 하늘색 후드티를 입고 눈을 살짝 덮은 곱슬머리의 내 또래 남자아이. 그 아이는 내 옆에 털썩 주저앉더니 나를 보며 싱긋 웃었다.

"넌 누구야? 여기서 뭐 하고 있어? 혼자인 거야?"

천진난만하게 웃던 그 아이는 내가 대답할 새도 없이 질문들을 마구 던져 댔다. 조금 당황한 채 멍하게 그 아이를 바라보다가 겨우 첫 번째 질문을 기억해났다.

"어… 나는 선화야, 이선화."

내 말에 그 아이는 오묘한 표정을 짓다 이내 다시 원래의 미소 짓는 얼굴로 돌아왔다.

"그래, 선화야. 난 네가 왜 여기서 혼자 책을 읽고 있는지 궁금했던 거였어."

오늘 처음 만난 그 아이는 마치 익숙하다는 듯 말을 건넸다. 조금은 무례해 보일 정도로. 그런데 그 아이의 무해한 웃음 때문일까. 어딘가 친근한 느낌이 들었다. 그래서 평소의 나와는 다르게 대화를 나누기 시작했다.

"오늘 너무 일찍 일어나 버렸거든…. 그래서 책을 읽고 있던 것뿐이야. 학교에 갈 시간이 될 때까지."

내 대답을 들은 그 아이는 살짝 고민하는 듯싶더니 다시 입을 열었다.

"바로 학교로 갈 수도 있었잖아? 혹시 가고 싶지 않았던 거 아니야?"

그 아이의 말을 듣고 무척 당황했다. 솔직히 말하자면, 소심한 성격 탓에 혼자 남겨져야 하는 그 장소가, 마냥 유쾌하게 느껴지지 않은 건 사실이다. 혼자 남겨졌다는 사실을 인정하고 싶지 않아서 늘 아무렇지 않게 학교생활을 해왔다. 그런데 오늘 처음 본 이 아이에게 단번에 내 마음을 들켜버렸다. 당황스러워하는 표정을 본 탓일까, 그 아이는 살짝 미안해하는 것 같았다.

"무슨 일인지, 물어봐도 될까?"

조심스럽게 물어보던 그 아이의 말에 조금 머뭇거리며 입을 열었다.

"그게, 아직 친구를 못 만들어서…. 내가 낯가림이 심하거든. "

나의 말을 들은 그 아이는 살포시 웃었다.

"그럼 내가 너의 친구가 되어도 될까?"

한치의 고민도 없는 그 말에, 넋을 놓았다. '갑자기 친구라니? 그보다 우리 사이를 친구로 정의해도 되나?' 내 복잡한 상념들을 날리듯 그 아이가 다시 한 번 물어 왔다.

"나랑 친구가 되어줄래?"

이상한 아이. 그게 그 아이의 첫인상이었다. 그런데 순진무구한 미소 때문이었을까. 나답지 않은 대답을 했다.

"그래."

모두가 그런 건 아니야

경쾌한 종소리가 들린다. 뜻밖의 일에 정신이 팔린 나는 놀이터 벤치에 꽤 오랫동안 멍 때리며 앉아있었고, 그 덕분에 지각까지 할 뻔했다. 같은 반 아이들이 떠드는 소란스러운 소리를 들으니 마치 아까의 일은 꿈이라는 듯 현실로 내던져진 느낌이다. 딴 생각을 하다가 문득 교실이 조용해지는 느낌을 받았다. 교탁을 바라보니 선생님께서 아침 조회를 하고 계셨다. 선생님께선 이야기를 하시다 말고 내 옆자리에 앉은 반장을 부르셨다.

"지영아, 친구들한테서 체험학습 활동비는 다 걷었니?"

반장은 그렇다고 대답하며 책가방에서 활동비 봉투를 찾는데 불길한 느낌이 든다.

"무슨 문제 있니, 지영아?"

선생님의 물음에 반 아이들이 일제히 반장 지영이를 쳐다보았다. 그러자 옆에 앉아있던 반장의 안색이 새파래지기 시작했다. 반장은 거의 울 것 같은 얼굴로 대답했다.

"선생님, 활동비가…, 안 보여요."

반장의 말에 선생님 당황한 채 물으셨다.

"잘 찾아봤니?"

"분명히 가방 속에 넣어뒀어요."

반장의 말에 교실이 잠시 술렁였고 아이들은 저들끼리 속닥거리기 시작했다. 그중 한 아이의 말이 유독 크게 들려왔다.

"누가 훔쳐간 거 아냐?"

점점 과열되는 분위기에 선생님은 아이들을 진정시키셨다.

"자, 모두 조용! 아직 정확한 건 없으니 누구도 의심하지 말도록 해요."

선생님은 금세 침착하게 말씀하시며 반장과 교실 밖으로 나갔다. 두 사람이 나가자 잠시 유지되었던 침묵이 무참히 깨졌다. 선생님의 말은 한 귀로 듣고 한 귀로 흘렸다는 듯이 잔인한 추측이 오갔다. 우리 같은 어린아이의 입에서 나왔다고는 믿기 힘들었다.

"누가 훔쳐 간 게 분명해!"

"맞아, 가방에 있던 게 갑자기 없어지는 건 말도 안 되잖아."

"아니면 안지영 걔가 숨겨 둔 거 아니야? 자기가 훔쳐 놓고 누가 훔친 것처럼 꾸민 걸 수도 있지."

"그렇지만 반장은 그럴 애가 아니잖아. "

"그럼 누가 훔쳐 갔다는 거야?"

여기까지 듣고 질린 기분이 들었다. '찾지 못한 것'이 저 아이들에겐 '누군가가 훔친 것' 인가보다. 속으로 고개를 절레절레 저으며 가방 속에서 책을 꺼내 읽었다. 그때, 갑자기 누군가 책상을 '쾅' 내리쳤다. 말 한 번 안 섞어본 여자애가 앞에 서있었다. 그 아이는 잔뜩 부루퉁한 표정으로 나를 노려보았다. 뒤쪽으로 시선을 돌리니 반 아이들 거의 모두가 날 쳐다보고 있었고 몇몇은 내 앞에 서있는 여자애와 비슷한 표정을 짓고 있었다.

"네가 훔친 거야?"

"뭐?"

다짜고짜 묻는 저 말에 황당함이 느껴졌다. 내가 되묻자 그 아이는 더 목소리를 높이며 물었다.

"활동비! 네가 훔친 거냐고!"

그 아이의 말에 어이없어하며 뒤쪽에 몰려있는 아이들을 응시했다. 반 아이들의 관심이 나에게 주목되어 있었다. 주눅 들지 않으려 목소리에 힘을 주곤 말을 이었다.

"내가 왜? 그럴 리가 없잖아. 애초에 누가 훔쳤다는 증거도 없고."

나는 어처구니없다는 듯이 아까부터 생각했던 말을 내뱉었다.

"넌 지영이 바로 옆자리니까 지영이가 활동비 봉투를 어디다 넣었는지도 알고 있잖아. 그리고 지금 다 범인을 찾으려고 하는데 너 혼자 책이나 읽고 있고!"

"난 활동비가 어디 있는지도 몰랐어. 그리고 그냥 잃어버린 걸 수도 있잖아? 왜 누군가를 몰아가는 거지?"

"그건….."

그 애는 내 말에 반박할 말이 없었는지 얼굴을 붉힌 채 씩씩거리며 다른 애들이 있는 곳으로 돌아갔다. 나는 무시한 채 계속 책을 읽었다. 뒤쪽에서는 다른 애들이 수군거리는 소리가 들려왔다. 음침하다, 짜증난다. 뭔가 찔리는 게 있는 거 아니냐 등등. 아이들의 말이 내 귀에 박혔지만 내색하지 않았다.

평소보다 조금 늦은 시간, 홀로 공원을 가로질러 걷고 있었다. 우중충한 날씨 때문인지 몸도 기분도 쳐져서 무거운 발걸음으로 집으로 향했다. 걷는

와중에도 아까 학교에서 아이들이 떠들던 수군거림이 머릿속에 맴돌았다. 계속 걷다 보니 공원 한구석에 쪼그려 앉아 있는 아이가 보였다. 멀리서도 알 수 있었다. 얼마 전에 보았던 그 아이다. 뭔가 심각한 일이라도 있는 것인지 그 아이는 진진한 얼굴로 땅바닥을 빤히 응시하고 있었다.

그 아이를 마주하기 껄끄러운 나는 길을 돌아갈까 잠시 고민하였다. 하지만 문득 그 아이의 말이 생각났다.

'나랑 친구가 되어줄래?'

진심으로 보이는, 동시에 당연히 그럴 것이라고 확신하는 듯한 당당한 표정. 그 표정 때문일까 쉽게 그 아이를 지나칠 수 없었다. 내가 그 자리에 계속 가만히 서있어서일까, 결국 그 아이가 나를 먼저 발견하곤 빙그레 미소 지었다.

"어, 선화야."

"어? 아, 안녕?"

답지 않게 말을 더듬었고, 그 아이는 아무런 상관이 없다는 듯 웃으며 나를 불렀다.

"거기서 뭐해?"

나의 물음에 그 아이는 잠깐의 고민도 없이 대답했다.

"그냥, 꽃을 보고 있었어."

무심한 듯한 대답에 그 아이가 앉은 옆으로 다가가 보고 있는 곳을 쳐다보았다. 꽃이다. 아주 작고 평범한 풀꽃. 평소엔 아무 생각 없이 지나치는 흔하디흔한 들꽃이었다.

"그냥 흔한 들꽃이잖아."

내 물음에 그 아이는 또다시 당연하다는 듯이 대답했다.

"응, 그냥 들꽃이지."

"근데 왜 그렇게 보고 있는 거야?"

그러자 그 아이는 나를 쳐다보았다.

"음, 글쎄. 특별한 이유가 있어야 하나?"

"흔하게 볼 수 있는 거잖아. 누구도 평범한 걸 소중히 여기지 않아."

내 말에 그 아이는 조금 서글픈 듯한 표정을 지었다.

"평범한 것과 특별한 것은 도대체 누가 정한 거야? 이 세상에 정해진 건 없어. 그러니 이 꽃은 나에게 특별한 거야."

"특별해?"

나의 혼잣말 같은 질문에 대답이 돌아왔다.

"응. 내가 그냥 지나치면 아무런 의미가 없을지 몰라도 내가 특별히 여기 니 나에게는 소중한 거야. 남들이 뭐라 생각하든 상관없이 말이야. 가치는 어떻게 정하느냐에 따라 늘 달라지니까."

나는 아무런 대답을 할 수 없었다. 그저 멍하니 그 아이가 바라보고 있던 작은 꽃을 바라보았다. 그 아이가 말 한 특별함을 조금이라도 헤아리려는 듯이. 그 아이는 이제 꽃이 아닌 나를 바라보고 있었다.

"무슨 일 있었어?"

두서없는 질문에 화들짝 놀라 그 아이를 쳐다보았다.

"아까 걸어올 때 표정이 안 좋길래."

나를 향한 그 아이의 깊은 두 눈동자에 나는 우리가 처음 만난 그날처럼 학교에서 있었던 일들을 말해 주었다. 내가 한 말에 그 아이는 서툰 위로를 건넸다.

"음, 그런 일이 있었구나. 많이 속상했겠다."

그 아이의 위로에 무심하게 대답했다.

"아니, 별로. 그다지 친한 애는 아니었으니까. 뭐라 하든 신경 안 써."

그저 툭 하며 내뱉은 대답에 그 아이는 오묘한 표정을 지었다.

"모두에게 이해받을 필요는 없어. 모두에게 마음 쓸 필요도 없고. 애초에 불가능한 일이지. "

"나도 알아. 그러려고 한 적 없어."

당연한 말을 하는 그 아이에게 태연하게 대답했다.

"그래도 반 아이들과 잘 지내보는 게 어때?"

갑작스러운 말에 어처구니가 없었다. 반 아이들과 잘 지내라니 무슨 의미인가. 방금 전 그 아이가 한 말과는 정반대인 듯한 말이 아이러니하게 느껴졌다.

"뭐? 너 방금 전까지 마음 쓸 필요 없다고 했잖아?"

"그랬지."

"그런데 잘 지내라고? "

날카로운 나의 말에도 그 아이는 나를 진정시키려는 듯 부드럽게 말을 이었다.

"모두에게 마음 쓸 필요 없다는 말이 모두를 배척하라는 뜻은 아니야."

"오늘 있었던 일 들었잖아? 그 아이들은 너무 극단적이야. "

나는 답지 않게 조금 흥분한 채 말을 이었다.

"남의 얘기는 듣지도 않고 자기 멋대로 판단 내리지."

그 말에 그 아이는 싱긋 웃으며 내게 말했다.

"알아. 나도 그 일에 대해선 너희 반 아이들이 잘못했다고 생각해. 사람들은 자기가 옳다고 단정 지으면 타인에게는 무자비해지지. 믿음만큼 진실을 가로막는 건 없으니까. 하지만 내가 하고 싶은 말은 그 아이들을 이해하라는 게 아니야. 모두가 그 아이들 같지는 않다는 거지. 내가 봤을 땐 넌 너무 마음에 문을 닫고 있어. 마음을 열고 조금 여유 있게 주변을 둘러봐. 나한테 하는 것처럼. 또 모르지. 어쩌면 네 마음을 이해해 주는 친구가 생길 수도 있잖아."

소란스러웠다, 마치 내 기분처럼. 교실은 온갖 소음들로 휘몰아치고 있다. 그중에서도 가장 신경 쓰이는 건 아이들의 대화소리다. 그런데 이야기의 주제는 어제 있었던 학급비 사건이 아닌 모양이었다. 어제의 일은 마치 없던 일이라는 듯이 아이들은 저마다의 주제로 이야기꽃을 피우고 있었다. 전에 보았던 모습이 가짜인 것처럼 지금의 반 아이들 모습은 제 또래 아이의 모습이었다. 그런 모습에 약간의 환멸을 느껴졌다. 어제 그 아이와의 대화 내용을 떠올렸다가 이내 흩뜨렸다.

'저런 애들이랑 어떻게 친하게 지내라는 거야.'

자리에 앉아 가만히 교실을 바라보니 몇몇 시선이 느껴지는 것 같기도 했다. 그중 한 명은 어제 나한테 활동비를 훔쳤냐며 따져 물은 그 아이다. 하지만 이상하게도 어제처럼 적개심이 느껴지는 시선은 아니었다. 그리고 다른 하나는 내 옆자리에서 느껴졌다.

반장이다. 당황스러웠다. 그도 그럴 게 반장이랑은 제대로 대화를 나눠본 적이 없기 때문이다. 설마 반장도 내가 활동비를 훔쳤다 오해라도 하는 걸까. 내가 고개를 돌려 반장을 쳐다보자 반장은 화들짝 놀라 우물쭈물 입을 열었다.

"저기, 선화야."

그때 선생님께서 들어오셨다.

"여러분 모두 자리에 앉으세요."

나는 선생님을 바라보았다. 반장도 내 쪽을 힐끗 쳐다보다 이내 선생님의 말씀에 귀를 기울였다. 선생님은 평소처럼 아침 조회를 하셨다. 그리고 예상 밖의 말을 꺼내셨다.

"그리고 활동비는 무사히 찾았어요. 그러니 모두 걱정하지 말아요."

활동비를 찾았다고? 선생님은 다른 사족 없이 그 말 한마디만 전하시곤 교실 밖으로 나가셨다. 나는 여전히 의문투성이였다. 그럼 아까 반장은 왜 나에게 말을 걸었던 거지? 잠시간의 침묵이 깨지며 교실은 다시 소란스러워졌다. 그때였다.

"선화야. 어제 있었던 이야기 들었어. 다른 아이들이 너를 의심했다고 하더라. 괜히 내 실수 때문에 널 곤란하게 만들어서 정말 미안해."

반장의 말은 방금 전의 선생님의 말보다 더 예상치 못했던 것이었다.

"너의 실수라고?"

내 물음에 반장을 얼굴을 붉히며 더듬더듬 말을 이었다. 반장의 말로는 활동비 봉투를 책가방에 넣고 집에 가져갔는데 반장의 어머니께서 서류 봉투랑 헷갈려 가져가셨다고 한다. 반장도 어제 집에서 활동비 봉투를 확인하고 무척 안심했다고 했다.

"친구들이 이번 일을 도둑질로 몰아갈 줄은 정말 몰랐어. 너를 의심받게 만들어서 정말 미안해. "

나는 그 아이의 사과에 조금 이상한 기분이 들었다.

"그걸 왜 네가 사과하지?"

반장이 당황스러운 표정을 지었다.

"어? 음, 내게 책임이 있는 일에 너를 휘말리게 했으니까?"

"그래, 활동비를 모으는 일은 네 책임이 맞아. 하지만 누구나 실수는 할 수 있고 활동비도 찾았으니 문제없잖아. 증거도 없이 나를 의심한 건 네가 아니지. 그러니 네가 사과할 이유는 없어."

무심한 대답에 반장은 오묘한 표정을 짓더니 이내 다시 평소의 부드러운 표정을 지었다.

"선화는 다정하구나."

"뭐?"

나는 어처구니없다는 표정으로 반장을 쳐다보았다. 아무래도 저 아이는 평소에 내 모습은 알지 못하나 보다. 어떻게 반응할지 몰라 그녀를 쳐다만 보는데, 반장이 싱긋 웃으며 말했다.

"이런 상황에서 화가 날 수도 있는데, 너는 내 상황을 먼저 헤아려줬잖아. 난 네가 다정하다고 생각하는데?"

반장의 말에 처음 느껴보는 알 수 없는 감정들이 소용돌이쳤다. 속이 울렁거리면서도 무언가 낯선 느낌이었다. 하지만 그 기분이 싫지만은 않아서 나를 바라보는 그 시선을 마주 바라보았다. 반장이 뭔가 결심이라도 한 것처럼 눈을 동그랗게 뜨고 말했다.

"선화야, 앞으로 잘 부탁해!"

갑작스러운 말에 당황스러웠지만 지영이의 반짝이는 두 눈동자에 얼떨결에 대답했다.

"그래, 나도 잘 부탁해."

그 뒤로 지영이와 나는 가까워졌다. 쉬는 시간에 대화를 나눴고, 점심도 같이 먹었다. 익숙하지는 않지만 확실하게 우리 사이를 친구라는 형태로 그려나갔다.

괜찮지 않으면 좋겠어

"선화야."

그 아이다. 연못가에 쪼그리고 앉아있던 그 아이는 샐쭉 웃으며 나를 불렀다. 주변을 나풀거리는 나비들과 나무 사이로 살며시 들어오는 햇빛 때문에 안 그래도 몽환적으로 느껴지는 그 장소가 그 아이 때문에 더 신비스러웠다.

내가 멍하니 바라보자, 그 아이는 고개를 살짝 갸우뚱하며 나에게 손짓했다. 마치 동화 속으로 초대받은 기분을 느끼며 조심스럽게 그 아이의 옆에 쪼그려 앉았다. 그렇게 한동안 아무런 말도 없이 앉아있던 우리의 적막을 먼저 깨트린 건 나였다.

"오늘도 꽃을 보고 있었던 거야?"

그 아이는 나를 돌아보지 않은 채 말했다.

"응. 그것보다는 그냥 이 장소가 좋아."

"정말? 사실 나도 여길 굉장히 좋아해."

나는 아무에게도 이야기한 적 없던 내 속마음을 조금 들려주었다.

"여긴 꼭 꿈속 세상 같아. 현실에서 잠깐 벗어나서 꿈속에 들어오는 거야. 나만 들어올 수 있는 나만의 작은 쉼터처럼. 너는?"

나의 이야기에 귀 기울이던 그 아이가 내 물음에 살며시 고개를 돌리고 말했다.

"아마, 나도 너랑 같은 이유로 이곳이 좋은 걸 거야. 그보다 너의 이야기를 들려줘."

나는 오늘 있었던 일들을 떠올렸다. 그러곤 살짝 들떠서 이야기했다.

"저번에 이야기했던 일 있잖아. 활동비 찾았어. 그리고 나 친구가 생긴 것 같아!"

"정말? 잘 됐네. 그런데 너는 아직도 고민이 있어 보이네. 왜 그렇게 시무룩한 건데?"

"사실 친구를 어떻게 대해야 할지 모르겠어."

"그냥 나를 대하듯이 하면 되지 않아? 자연스럽게 말이야. 편하게 꾸밈없는 모습을 보여줄 수 있는 게 좋은 친구 아닐까?"

"그런가?"

고민에 빠진 내게 그 아이가 중얼거렸다.

"음, 좋네."

"뭐가?"

"어떻게 할지 모르겠는 거."

"그게 뭐가 좋은 거야?"

"그 과정에서 우리는 배워나갈 수 있으니까. 우린 모두 어려움 속에서 배움을 얻을 수 있어야 해."

그 말에 나는 잠시 생각에 잠겼다. 걱정을 덜어내지 못한 내 모습에 그 아이가 장난스럽게 말했다.

"아니면, 연습해 보는 건?"

"연습? 뭘, 어떻게?"

"음, 글쎄. 꽃이랑 대화해 보는 건?"

"뭐야? 제제의 라임오렌지나무야?"

내가 어이없다는 듯이 말하자, 그 아이는 조금 시무룩해했다.

"혹시, 별로야?"

"진심으로 한 말이었어? 됐어, 난 네가 있으니까, 괜찮아."

내 말을 들은 그 아이는 잠시 조용히 있다가 평소처럼 살포시 미소 지었다. 어딘가 서글퍼 보이는 미소다. 그 아이는 아주 조심스럽게 나에게 말했다.

"나는 네가 나 하나로 괜찮지 않았으면 좋겠어."

"그게 무슨 뜻이야?"

나는 잠시 어리둥절했다.

"언제까지고 네 옆에 있어줄 거라고 약속할 수 없으니까."

무슨 뜻인지 알 것 같아서, 나는 계속 곁에 있어주면 좋겠다는 말은 결국 꺼내지 못했다. '영원'이라는 약속은 언제나 지켜지지 않는다는 것을 너무나 잘 알고 있기 때문이다. 내가 아무 말도 하지 않자, 그 아이도 뭐라 더 말을 꺼내지 않았다. 우리 사이에는 마치 시간이 멈춘 듯 고요함만이 자리 잡고 있었다.

그 뒤로 우리는 그날의 이야기를 더 꺼내지 않았다. 그로부터 몇 달이 지났을 즈음에는 평소처럼 대화를 나눌 수 있었다. 그 아이는 내 고민을 들어주거나 풀지 못했던 수학문제를 풀어주기도 했고, 내가 생각지 못한 해결 방법을 알려주기도 했다. 그리고 아무 생각 없이 둘만의 비밀 장소에서 의미 없는 수다를 떨기도 했다. 즐거울 때는 곁에서 함께 즐거워 해줬고, 슬플 때에는 옆에서 위로해 주었다. 그 아이는 아주 오래전부터 알고 지낸 소꿉친구처럼 함께 있으면 편안한 기분이 들었다.

그곳에서 나는 무엇이든 될 수 있어

지영이가 밝은 표정으로 나를 향해 달려왔다.

"집에 가는 거야?"

"응, 그러려고. 너도?"

"난 도서관에 들러 책 반납하고 가려고. 지금 비가 엄청 많이 오더라. 우산 있어?"

"어. 있어."

지영이에게 대답하며 나는 슬쩍 창밖을 보았다. 아침부터 흐렸던 하늘이 세차게 물을 뿌려대고 있다.

"그래, 다행이다. 그럼 조심히 들어가. 주말 잘 보내고."

"그래, 다음 주에 보자."

살포시 미소 짓는 나를 보고 지영이는 마주 웃으며 도서관으로 향했다. 모두가 집으로 돌아간 뒤여서 그런지 학교 내부는 적막감이 감돌았다. 창밖에서 들려오는 빗소리와 어두운 하늘 때문에 스산하기도 했다.

나는 접이식 우산을 펼치며 밖으로 발을 내디뎠다. 우산에 물방울이 튀며 독특한 음들을 만들어냈다. 나는 잠시 기분이 좋아져서 가벼운 발걸음으로 학교를 나섰다. 얼마나 걸었을까. 사람들 사이로 우산을 쓰고 걸어오는 남자아이. 그 아이다. 그 아이는 나를 보자 평소같이 미소 지었다.

"안녕, 선화야. 오랜만이네."

우리는 딱히 대화를 나누지 않고도 나란히 걷기 시작했다. 발길은 우리가 처음 만난 놀이터로 향하고 있었다. 사람들이 잘 오가지 않는 그곳은 어느새 우리의 아지트가 되어있었다. 우리는 놀이터 한구석에 위치한 정자에 가서 우산을 접고 걸터앉았다. 내가 가방에서 책을 꺼내들자 그 아이는 나를 쳐다보며 말했다.

"책 읽을 거면, 나 그냥 갈까?"

그 말에 나는 그 아이를 쳐다보았다.

"음, 왜?"

"내가 있으면, 넌 늘 집중을 못 하니까."

"가지 않아도 돼. 책 읽는 것보다 너랑 대화하는 게 더 즐겁거든."

"그래? 그보다 최근에는 무슨 일이 있었어?"

나는 책을 덮고 곰곰이 생각하다 말했다.

"아, 최근에 미술 선생님께서 내가 그린 그림을 미술실에 걸어주셨어."

"그래? 정말 멋진 걸."

"너도 나중에 보러 올래?"

"그래도 괜찮다면, 보러 가고 싶어."

"응, 좋아. 그리고 최근에 새로 읽고 있는 책이 있는데, 거기 등장하는 주인공이 굉장히 마음에 들어!"

"그래? 어떤 주인공인데?"

"음, '데미안'이라는 아이인데 뭔가 너랑 비슷한 느낌이 들어."

"어떤 점이?"

그 아이의 질문에 나는 조금 고민하다 말했다.

"그냥, 뭐든 잘 해낼 것 같다는 거?"

"넌 나를 그렇게 보나 보네."

"그야, 넌 뭐든 잘 하니까. 나에게 도움을 많이 주기도 했고. 내가 뭘 할 때마다 넌 나에게 큰 도움이 되었어."

"글쎄. 내가 없어도 넌 충분히 해낼 수 있었을 거야, 분명히."

"아냐, 너 없었으면 힘들었을 거야."

내가 멋쩍게 웃으며 말하자, 그 아이는 잠시 말을 멈춘 채 나를 쳐다보다 질문했다.

"음, 지영이랑은 잘 지내?"

"지영이?"

"응, 최근에는 나랑 못 만났잖아. 지영이랑 같이 있는 시간이 많아져서 그런 거 아니야?"

나는 미안한 마음이 들었다. 지영이와 보내는 시간이 늘어나면서 그 아이와 만나는 시간이 줄어들었던 건 사실이니까.

"어…, 미안해. 최근에 신경 쓸게 많아서 그랬어."

나의 사과에 그 아이는 미소 지으며 말을 이었다.

"화를 내는 게 아니야. 오히려 다행이지. 네가 전보다 좀 더 주변을 바라볼 수 있다는 뜻이니까. 내가 예전에 했던 말 기억해?"

"무슨 말?"

"언제까지고 네 곁에 있어줄 수는 없다고 했던 말. 나는 네가 주위를 더 둘러봤으면 좋겠어. 넌 사람들과 대화하는 것보다 책 속의 인물들과 대화할 때가 많았으니까."

"맞아, 난 꿈속에서 살 때가 더 많지. 난 복잡한 이곳보다는 내가 좋아하는 것들이 가득한, 매번 신비로운 일들이 일어나는 그곳이 좋았거든. 그곳에서는 뭐든지 될 수 있으니까. 어렸을 때는 그런 상상을 했어. 그 속에서 마법사가 되기도 하고, 여행을 떠나기도 하는 거야. 상상 속에선 뭐든지 될 수 있어. 주인공도, 악인도, 그리고 평범한 사람도 될 수 있지. 난 그곳에서 모두에게 사랑받고, 또 모두를 사랑하지. 좀 이상한가? 현실보다 꿈을 더 사랑하다니 말이야. 이런 건 내 진짜 삶에 아무런 도움도 주지 않는데……."

"그렇지 않아. 네가 그랬잖아, 현실은 너무 복잡하다고. 그러니까 우리는 꿈을 꾸는 거야. 좀 더 많은 세상을 보기 위해서. 그 속에서 우리는 현실의

문제를 해결할 방법을 찾기도 하고, 어떨 때는 용기를 얻기도 하지. 또, 현실을 살아갈 계기를 만들어 주기도 하고 말이야. 내가 너에게 주변을 돌아보라고 했던 이유는 너무 한 곳에만 갇혀있어서야. 때로는 너만의 작은 공간에서 나오는 게 진짜 너의 모습을 발견할 수 있는 방법일지도 몰라. 마법사도 주인공도 좋지만, 그곳에서 벗어난 너의 모습이 그것들보다 하찮은 게 아니거든."

그렇게 앉아서 우리는 꽤 오랫동안 대화를 나눴다. 아니, 어쩌면 찰나의 시간이 길게 느껴졌을 수도 있다. 나는 깊은 생각에 잠긴 채 길을 걸었다. 집에 도착하자 불이 켜져 있었다. 이상한 건 내 방의 불도 켜져 있다는 것이다. 나는 불안한 마음을 숨긴 채 다급히 방으로 향했다.

그곳에 언니가 서있었다. 내 일기장을 든 채로.

"거기서 뭐해?"

"선화야, 그게…."

"뭐 하는 거냐고 물었어."

언니는 내가 방에 들어오자 죄를 지은 사람처럼 깜짝 놀라 등 뒤로 일기장을 숨겼다. 우리 사이에는 잠시 동안 적막이 흘렀고 창밖에서는 빗소리만이 어렴풋하게 들려왔다.

'설마, 읽었나.'

머릿속이 새하얘졌다. 그동안 썼던 일기의 내용을 떠올렸다. 즐거웠던 일. 기뻤던 일. 그리고 그 뒤에 숨겨 놓은 나의 슬픔과 외로움, 그리고 열등감, 이와 관련된 언니의 이야기까지.

심장이 쿵쿵 뛰며 귀에선 이명이 들리는 것 같았다. 화가 울컥 넘쳐흘렀다. 하고 싶은 말은 너무나도 많았지만 속에서 턱 막힌 것처럼 아무 말도 입

밖으로 나오지 않았다. 눈이 시큰거렸고 약간 흐릿한 시야로 들어온 것은 언니의 표정이었다. 뿌연 시야로 보이는 언니의 표정은 정확하지는 않지만 나와 비슷해 보였다.

"테이프를 빌리러 왔다가…, 네 일기장이 보여서, 궁금해서 그랬어. 미안해…. 그래도 넌 네 이야기를 잘 안 해주니까…. 저번에 말했던 친구도 아직 한 번도 못 봤고…, 나는 그저 네가 걱정돼서"

"걱정? 지금 그게 할 소리야! 언니는 걱정이 되면 남의 일기장을 훔쳐보나 보지?"

"미안해, 근데 정말 내용은 안 봤어. 믿어줘. 네가 싫어할 것 같아서 바로 그만뒀어."

나는 이 불쾌한 상황을 참을 수 없어서 그만 그 자리에서 도망쳐버리고 말았다. 뒤에서 내 이름을 외치는 언니를 무시한 채 집 밖으로 뛰쳐나갔다. 정신을 차려보니 나는 달리고 있었다. 내 눈에 들어오는 것은 아무것도 없었다. 그저 참을 수 없어 달리고, 또 달렸다. 비가 와 미끄러운 바닥 때문에 몇 번이고 넘어질 뻔한 순간을 넘기면서 나는 달리고 있었다.

숨이 너무 가빠서 숨을 쉬기가 힘들었다. 머리가 뜨겁고 어지러웠다. 떨리는 손끝으로 내 뺨에 흐르던 빗물과 섞인 물기를 닦아낸 나는, 정신을 차리고 내가 서있는 곳이 어딘지 바라보았다.

너의 세상은

아, 또 여기다. 그 아이와 처음 만났던 연못. 나와 그 아이의 비밀 장소. 그리고 그때처럼 같은 자리에 서있는 그 아이가 보였다. 나무 그늘 사이를 비집고 들어오는 노을이 그 아이의 머리 위로 비치고 있었다. 그 아이는 평소와는 다른 무표정한 얼굴로 자신을 바라보고 있었다. 전과 다르게 말투는 차가웠다.

"또 도망쳤네. 선화야, 뭐가 그렇게 두려워?"

"두려워하다니……, 난 그러지 않았어."

"아니, 너는 두려워하고 있어. 늘 그 상황에서 벗어나려 하고, 해결하지 않고 침묵했지. 선화야, 아무 말도 하지 않아야 할 때가 있는 건 맞아. 하지만 어떤 때에는 네 진심을 전해야만 할 때도 있는 거야. 그리고 지금이 그럴 때지. 네가 시도하지 않으면 그 무엇도 시작되지 않아."

"……."

내가 아무것도 말하지 않아도 그 아이는 말을 멈추지 않았다. 차갑게 몰아세우면서도 때로는 너무나도 다정하게 달래주는 것 같았다.

"생각해 봐. 우리가 처음 만났을 때도, 그 이후에도 네가 내 모습을 '진짜'로 본 적은 없었잖아?"

"그렇지만 넌 늘 내 곁에 있어줬는걸."

"하지만 너도 알고 있잖아. 책을 읽을 때도, 꽃을 볼 때도 '나'는 네 곁에 없었어. 나는 오직 네 안에서만 존재할 수 있으니까."

"그래, 넌 그저 내 상상에 불과하니까. 누군가 옆에 있어줬으면 하는 마음이 너를 만들어냈어. 책 속 인물들과 대화하는 것도 모자라서 상상 친구라니. 어린애들도 안 할 법한 일을 해버렸어. 남들이 보면 이상하다고 비웃으려나."

이런 나에게 그 아이는 여전히 다정했다.

"이상하지 않아. 네가 이상한 게 아니야, 선화야. 어쩌면 모두가 너와 같이 불안정한 시기를 보내는 걸. 너는 다른 사람보다 조금 특별해서 나와 만난 거지. 중요한 건 이럴 때 네가 어떤 행동을 하는가야."

내가 진정되고 호흡이 일정해 지자 그 아이는 다시 말을 걸었다.

"수학문제를 풀어낸 것도 너였고, 고민이 있을 때 해결해 나간 것도 너였어, 내가 아니라."

"……네가 없었다면 못했을 거야."

"아니야. 내가 할 수 있는 것들은 너도 이미 할 수 있는 것들이었어. 너는 내가 뭐든 해낼 수 있다고 생각했지만, 내가 했던 행동과 말들은 처음부터 네가 할 수 있는 것들이었어. 평소에 네가 생각하고, 고민하고, 이뤄냈던 것들이야. 나는 너에게 용기를 줬을 뿐이지. 모든 것은 너 혼자 해냈어. 네 주변에는 이미 많은 사람들이 있어. 그들은 너를 진심으로 사랑하고 걱정하고 있지. 네가 느끼지 못해서 그렇지. 아니, 사실은 알고 있었잖아. 더 이상 진실을 무시하지 마. 이제 너에게 나는 필요 없어."

"아니, 그렇지 않아."

"내가 그랬지. 난 네가 나 하나로 괜찮지 않길 바란다고. 우린 언제까지고 꿈속에 살 수 없어. 네 주변에는 이미 넓은 세상이 있고, 나에게 얻을 수 있는 것보다 더 많은 것들이 그곳에 있을 거야."

그 아이의 말에 나는 웃으며 말했다.

"네가 해낸 건 내가 할 수 있다고 했지. 하지만, 아니야. 네가 없었으면 해내지 못했던 것들도 아주 많아. 지영이랑 친해질 수 있었던 것도 네가 용기를 준 때문이야. 네가 없었으면 상상도 못했을 일이지. 그러니까……, 고맙다고 말하고 싶어. 남들은 내가 바보 같다고 말할지도 모르지만, 넌 내게 무척 소중한 친구야."

내 말을 들은 그 아이는 잠깐 놀란 표정을 지으면서도 다시 평소처럼 미소 지었다.

"많은 걸 배우고, 경험하면 나도 달라지려나?"

"네가 원하지 않으면, 변하지 않아도 돼. 너 자신을 잃을 필요는 없어."

"하하, 그렇지."

나는 잠시 고민하다 말했다.

"앞으로, 많은 것들을 해볼 생각이야. 그것들이 나에게 어떤 영향을 줄지는 잘 모르겠어. 좌절하고 주저앉을 수도 있지. 그래도……, 많은 것을 배울 수 있을 거야."

"응원할게."

"우리 다시 만날 수 있어?"

"그럼, 네가 원한다면 우린 어떤 형태로든 다시 만날 수 있을 거야."

친애하는 나의 로시에게

언니와 지영이는 내가 책에 정신이 팔려있자 나중을 기약하며 돌아갔다. 나는 그 아이를 떠올려 보았다. 생각해보니 친구라고 했으면서 이름도 지어 주지 못했다. 그 아이가 마지막으로 했던 말들을 머릿속에 되새겨 봤다.

어떤 형태로든 다시 만날 거라는 그 아이의 말에 그 아이를 내 책 속에 등장시켰다. 그래도 그 아이를 만날 수 없자 다른 이야기에도 그 아이를 넣었고, 지금 출판된 책 속에도 그 아이가 잠깐이나마 등장했다.

나는 그냥 열심히 살았던 것 같다. 주변 사람들과도 나름 잘 어울리고 이제는 나를 숨기지도 않는다. 이쯤 되니 그 아이와 만났던 날들이 한여름 밤의 꿈처럼 느껴졌다.

"흠, 이 정도면 충분히 멋진 이야기 아니야?"

나는 그 아이를 뭐라 불러야 할지 머릿속을 뒤적거렸다. 이제 나도 어엿한 작가인데 친구가 이름도 없으면 안 되지 않겠는가.

"그러고 보니 그때는 잘도 대명사로 불렀네. 그 아이가 화내지 않은 게 다행이야."

나는 어느 등장인물의 이름을 지을 때보다 신중하게 고민했다.

"음, 뭐가 좋을까? 이름이 그렇게 중요한가? 어린왕자의 장미도 이름 같은 건 상관없이 소중한 '장미'잖아? 이름이 장미가 아니라 수선화여도 여전히 어린 왕자에게는 소중할 거라고. 어쩌면 이름은 그렇게 중요하지 않을지도 몰라."

음, 그래도……, 역시 좋은 이름을 지어주고 싶었다.

"음, 로시?"

내가 중얼거리자 뒤에서 익숙한 목소리가 들렸다.

"나를 부른 거야?"

나는 깜짝 놀라서 뒤를 돌아보았다. 그곳에는 앞머리로 눈을 살짝 가린, 몇 년 전과 다름없는 모습의 그 아이가 서있었다. 그 아이, 아니 로시는 놀란 나를 뒤로한 채 입술을 호선으로 그린 채 예쁘게 웃으며 말했다.

"안녕, 선화야. 오랜만이네."

레브(rêve)

(권수빈)

누구나 내가 될 수 있어요. 하지만 사람들은 외면하죠. 나와는 상관없는 일이라고.

이건 내가 세상에 남기는 마지막 말이 될 거예요.

그리고 나는 보이지 않는 유리조각이 되어서 사람들의 마음속에 깊이 박힐 거예요. 내가 없는 세상에서 나를 이 아픔 속으로 밀어 넣은 사람들을 모두가 증오하게 할 거예요. 모두의 기억 속에서 서서히, 완전히 잊혀서 기쁘게 마지막을 받아들일 거예요.

나는 그런 죽음을 그릴 거예요.

*

새벽 3시만 되면 그 애가 찾아온다. 발끝, 손끝, 허리를 스쳐서 나에게 속삭인다. 너도 나와 함께 죽자고……

오늘도 악몽을 뒤로하고 일을 한다. 서류를 검토하고 미팅을 하는 일상을 보낸다.

나는 무너지면 안 된다. 내가 무너지면 좋아할 사람들이 너무 많기에.

"우리 서아는 참 한결같아. 부러워 정말."

일주일에 한 번씩 갖는 가족식사. 나를 물어뜯지 못해 안달 난 언니는 겉으로는 그럴싸한 말을 던진다. 하지만 저 말 뒤에는 날카로운 의미가 담겨 있다.

'아등바등 애쓰는 사생아!'

"언니는 요즘 어때? 형부 기사 났던데. 잘 화해한 거야?"

"……그런 거 기자들이 짜깁기한 거야. 바람은 무슨. 화해할 것도 없어. 우리 같은 사람들, 그런 거 일상이잖아?"

"다행이다."

"그러는 너는? 약혼한 지가 언젠데 아직도 소식이 없니? 결혼 하긴 할 거야?"

또 그 얘기다. 요즘시대에 약혼도 유치한데 결혼까지 억지로 해야 한다니.

"언니, 결혼은……."

내가 말을 하려는데 아버지께서 그날의 일을 다시 들먹였다.

"너, 그 일 덮으려면 하루빨리 해야지. 다시 말 나오기 전에."

"……저만 하고 싶다고 할 수 있는 일인가요, 결혼이. 우현이랑 얘기해 볼게요."

"그래. 오늘 저녁이 좋겠구나."

"네. 약속 잡을게요."

그날을 들먹이면 나는 아무것도 할 수가 없다. 과거의 나를 지우기 위해서는 현재의 나를 옭아맬 수밖에 없다.

*

"……서아, 윤서아!"

"어?"

잠시 딴 생각에 잠겨버렸다. 그 말을 들은 후부터 다시 떠오른 그날의 기억에 정신을

차릴 수가 없다.

"너, 내 얘기 듣고는 있는 거야?"

"미안. 내가 오늘 좀……, 아니야. 어디까지 말하고 있었지?"

"우리 결혼. 진짜로 할 거냐고?"

아, 그래. 결혼 얘기를 하고 있었지.

"그럼 진짜로 하지, 가짜로 하는 결혼도 있나?"

"너도 싫잖아. 나랑 평생 사는 거."

평생. 평생이라.

"우현이 너, 생각보다 순수한가 봐."

"무슨 소리야?"

"너랑 내가 이혼할 수도 있는 거잖아"

"뭐?"

"우현아, 결혼하고도 사생활은 안 건드릴게. 지금 만나는 사람, 그냥 만나. 그리고 하루빨리 결혼하자. 그만 질질 끌고. 어차피 너, 나랑 결혼해야 돼. 싫으나 좋으나."

"너, 내가 무슨 말하는지는 알아?"

"그럼 물론이지. 우리 부모님처럼 살자는 거야. 우리 회장님이 내 친모와

만났던 것처럼. 매주 식사 자리에서도 비위 좋게 나와 밥 먹는 우리 어머니처럼. 뭐, 내가 우리 어머니처럼 비위가 좋을지는 모르겠지만 말이야."

"……역시, 너 제정신 아니야."

"알아. 이미 예전에 안 사실이잖아. 그래서 계속 네가 결혼을 미루는 거겠지. '그 일'을 아는 몇 없는 사람 중 하나니까."

"…….”

서우현은 침묵을 지켰다. 참 배려심 있는 사람인데, 안타깝게도 나와 결혼해야 한다니. 나는 안타까움을 뒤로하고 자리에서 일어났다. 우리의 대화는 '결혼' 딱 거기까지니까.

"먼저 갈게. 아, 그리고 우현아. 이 말은 너에게 꼭 해주고 싶어. 세상에 '평생'이란 건 없어. 너와 나도, 네가 만나는 그 여자와도, 이 세상 그 어떤 것도 영원할 수는 없거든. 한때 내가 했던 투명하고 어린 착각에 상처 받았듯, 너는 그런 상처를 받지 않기를 바래."

그런 아이가 있었다. 누구도 원하지도 반기지도 않던 아이. 어머니의 친딸이 죽고, 대체품으로 데려온 아이. 나는 그 친딸의 이름으로 불렸다.

일곱 살의 아무것도 모르던 아이에게 모두가 말했다. 너는 필요 있는 아이가 아니라고. 그러니 그 어떤 관심도, 이 집에 재산도, 기댈 수 있는 가족도, 누군가에게 받을 사랑마저도 바라지 말라고.

일곱 살의 나는 그 말이 무슨 뜻인지 몰랐고, 한참 뒤에서야 깨달았다. 그 의미를 알았을 때조차 정말 신기하게도 아무렇지 않았다. 정말로. 그 뒤로 나는 늘 갈망했다. 내게 제한된 것들을. 그리고 악착같이 보여줬다.

나는 그들이 말하는 그 필요 따위가 아니라 그 이상의 가치를 지녔다고. 결국은 내가 이길 수밖에 없었다. 그들은 이미 가진 것들에 너무 여유로웠고, 나는 갈망을 채우기 위해 매사에 애썼으니까.

그런데 마지막 그 하나. 사랑은, 가질 수가 없었다.

한때는 정말 많이 노력했다. 사랑받기 위해서. 아무리 노력해도, 쥐어지지가 않았다. 노력으로 되는 그런 것이, 아니었다.

'그날' 이후, 결국 나는 완전히 망가져버렸었다.

바닥에 나뒹구는 와인병들, 전등이 꺼져 있어 어두운 거실, 추위를 잊은 듯 난방조차 켜지 않는 무력함에 폐인처럼 살았던 그 3년.

하루도 빠짐없이 생각했다. '벗어나고 싶다'고. 매분 매초 망상했다. 내가 행복하게 웃는 날들을.

"너 진짜 계속 이렇게 살 거야?"

언니는 참다참다 내게 그렇게 물었었다.

나는 대답하지 못했다. 나도 그 질문의 답을 몰라서 답을 할 수가 없었다. '오늘은 나아지겠지. 내일은 괜찮아질 거야.' 이런 생각으로 멍하니 창밖만 바라봤다.

나는 여전히 제자리다. 단단하지 못하고 무른 속이 너무 무너진 탓에 다시 쌓아 올리는 것은 쉽지 않았다. 아니, 의지가 없었다. 그냥 물러진 대로 살아도 되지 않을까.

"나 간다. 아버지가 한번 가보라 해서 온 건데, 역시 똑같네. 계속 그렇게 살아, 서아야."

"내가 말했었지? 우리집, 우리 회사에 네 자리는 없다고."

억울했다. 날 이렇게 만든 건 당신들인데, 왜 그걸 모를까?

"······다 내 잘못인 거야? 이 모든 게? 언니는 아무 잘못도 없어? 정말로?"

"서아야, 네 이름을 되새겨봐, 한번. 애초에 네 것인 것이 없잖아. 그 이름 석 자조차도. 나는 아무 잘못이 없지. 오로지 네 잘못뿐이야. 그러게 왜 되지도 않는 욕심을 내? 앞으로는 그러지마. 주제를 알아야지, 서아야."

언니는 다정히 내 이름을 부르곤 돌아갔다.

그리고 나는 그날 결심했다. 멈춰있던 내 시간을, 다시 흐르게 하기로. '사랑'이라는 단어를 나의 세상에서 지우기로.

*

다음날 아침, 서우현에게서 연락이 왔다. 9월에 결혼하자고. 드디어 마음을 굳힌 모양이다.

현실에 수긍한 거겠지. 서우현에게 악을 쓰며 사랑을 갈구하던 때가 있었다. 사실, 서우현이 아니더라도 그 어떤 사람에게라도 내가 받을 사랑이 급급했다.

"내가 매달렸잖아. 가지 말라고, 그냥 모른 척 해달라고⋯⋯. 나 좀 사랑해달라고, 내가 애원했잖아. 너는 이해해줘야 하는 거잖아. 내가 애써온 시간을 알아줘야 하는 거잖아!"

서우현은 나의 밑바닥을 가만히 보고만 있었다. 어떠한 말도 하지 않고.

"그래서 죽였어?"

"⋯⋯응. 내가 죽였어. 미칠 것 같았거든, 평생을 숨겨온 내 밑바닥이."

"후회해?"

"아니, 전혀."

"너 변했어."

"우습다. 넌 내가 어떻게 살아왔는지 모르면서. 얼마나 깊고 쓰라린지 모르면서. 우현아, 난 변하지 않았어. 나는 늘 나였어. 네가 늘 너였듯이."

그날 이후, 서우현과는 완전 멀어졌었다.

결혼⋯⋯. 싫어도 해야하는 거겠지. 서로를 위해서라도.

"윤서아!"

익숙한 목소리가 내 이름을 부른다. 오랫동안 못 봤던, 듣고 싶었던 목소리가 지금 내게 들려온다.

"⋯⋯정은혁?"

나의 하나뿐인 친구. 열일곱에 유학을 떠나고, 일 년에 한번 한국에 올 때만 만날 수 있었던 친구다. 그것도 내가 힘들 땐 보지 못했으니, 안 본지 삼 년이 넘었다.

'그날 그일'이후로 나는 아무도 만나지 않았으니까.

"너, 한국 언제 들어왔어? 아니, 왜 연락 안했어? 아예, 들어온 거야?"

"질문이 너무 많네. 일단 오늘 7시에 도착했고, 연락은 놀라게 해주려고 안 했고, 이제부터는 한국에 정착합니다, 윤서아 씨!"

정은혁은 생글생글 웃으며 말했다. 이제야 숨이 좀 쉬어지는 것 같다. 그를 다시 보게 된 것만으로도. 내 곁에 그가 있다는 것만으로도.

"하여튼, 정은혁!"

나는 그냥 웃음이 났다. 따뜻하고 말랑한, 그런 기분에 잠겼다. 정은혁은 '그날'을 모르니까 괜찮아. 앞으로도 너만은, 모르게 할 거야. 다 알게 된다면 너도⋯⋯.

"무슨 생각해?"

나를 떠나겠지.

"······아무것도 아니야. 오늘 지낼 곳은 있어? 본가로 가려고?"

"아니. 자취방 구했어. 구경시켜줄게 가자!"

"그래!"

오랜만에 느끼는 안정감. 이 안정감이 오래가길 바란다.

"생각보다 집이 작네?"

"혼자 사니까 굳이 큰 집에 살고 싶지가 않더라. 외로워."

"그렇긴 하지"

"서아야, 이제 자주 놀러와, 알았지?"

"응, 매일 오지 뭐."

정은혁은 내 말에 고개를 끄덕이며 웃었다.

"그래, 한동안 네가 몸이 안 좋아서 못 봤잖아. 이젠 좀 괜찮아?"

그냥 만들어낸 거짓말인데, 걱정하고 있었구나.

"······응, 괜찮아."

이제는 네가 있으니까. 하지만······.

"정은혁?"

"왜?"

"너는 만약에 내가······."

"네가, 뭐? 왜 말을 하다 말아?"

그냥 던지는 말인데도 차마 묻지 못하겠다. 겁이 나서.

"내가 사람을 죽였다면, 너는 어떨 것 같아?"

손끝이 떨려왔다. 과거를 고백한 것도 아닌데, 찔려서.

"······예전에 학교 빠지고 놀이공원 갔던 날 기억해?"

"응, 기억해."

"그때 내가 그랬었지? 과거는 과거일 뿐이라고. 지나간 일은 모두 잊고 새로운 길을 걸어가면 된다고. 그러면 어느 샌가 후회되는 순간은 모두 지워지고, 어느새 행복에 맞닿아 있을 거라고. 나는 그때 네가 나한테 해줬던 모든 말들, 세세하게 다 기억해."

"무슨 15년 전에 했던 말을 아직도 기억해?"

"아무튼! 나는 네가 무슨 짓을 했더라도, 아니하더라도 다 덮어줄게. 바꿀 수 없는 지난 일에 붙잡혀, 현재를 망치는 건 별로잖아. 그치 서아야?"

멀어지고 싶지 않다. 내 욕심으로 정은혁과 멀어지는 건 정말로 끔찍하다. 나는 정은혁에게 사랑을 바라지 않는다. 예전과 같은 실수를 또 할까봐. 네가 실망하는 일을 만들게 될까봐.

"네가 있어서 다행이야. 우리, 평생 친구하자!"

너에게는 '평생'이라는 말을 할 수 있다. 적당한 거리를 유지하며 적당한 마음을 나누면, 그럴 수 있다. 이제는 그 방법을 알았으니까.

"그래, 서아야."

그때 나의 폰이 울렸다.

"잠깐 통화 좀 하고 올게."

나는 복도로 나가 전화를 받았다. 저 너머 사람의 목소리가 들렸다.

"윤서아, 너 왜 답장 안 해?"

서우현이다. 그제서야 결혼하자던 서우현의 말에 답장을 하지 않은 것이 떠올랐다.

"아 맞다. 잊고 있었어, 미안."

"그래서 대답은? 9월에 하는 거 어때?"

대답하기가 망설여진다. 아마도 그 이유는…….

"서아야, 밥 다 됐어. 통화 끝나면 빨리 와서 먹어."

돌아온 정은혁이 내 등 뒤에서 큰소리로 말했다. 내게 변수가 생겼다.

"윤서아, 내 말 듣고 있어? 9월 결혼 어쩌냐고?"

"서우현, 우리 그냥 파혼하자."

"뭐? 설마 지금 옆에 정은혁이야?"

"그게 무슨 상관이야. 그냥 너랑 결혼하기가 싫어졌어."

"그럼 회사는 어쩌려고? 너 회사에 엄청 집착하잖아. 결혼 안하면 지분도 못 받을 텐데?"

"상관없어. 다 버릴 거야. 아쉬운 거 없어. 애초에……."

정은혁이 있으면 아무것도 상관없다. 그러니까 이제 이 지긋지긋한 건 다 필요 없다. 회사도, 결혼도, 가족도…….

"정은혁은 알아? 네가 과거에 한 짓?"

"너 예전에 나한테 말했었지. 네가 죽였다고."

"술에 취해서 아무 말이나 내뱉은 거야. 나랑 아무 상관도 없는 일이야."

"아니. 너는 진심이었어. 그때 이후잖아, 결혼에 집착하지 않게 된 것도."

"야, 서우현!"

"그러고도 나한테 사랑받기를 원해? 윤지아를 죽여 놓고?"

"……아니? 전혀. 네 사랑 따위 받고 싶은 마음, 진작에 없어진지 오래야. 그리고 애초에 난, 네가 아닌 그 누구라도."

"윤서아, 너어……."

"그래 내가 죽였어. 근데 그거 알아? 그날, 죽어야했던 건 윤지아가 아니라 나였다는거? 나는 날 죽이는 대신에 그 애를 죽인 거야. 지아가 나 대신 죽은 거라구."

"너 진짜 소름끼쳐. 정은혁도 분명 내가 느꼈던 그 소름끼치는 기분을 느끼게 될 거야. 널 경멸하게 될 거야. 그리고 떠나겠지. 그때 후회할걸? 정은혁 하나에 안심한 너 자신에게."

"평생 숨길 거야. 은혁이는 절대 모르게 할 거야."

"서아야, 그때 네가 했던 말 기억해? 세상에 '평생'이란 건 없어. 너와 정은혁도 마찬가지야. 예외는 없어야 하잖아."

나는 할 말을 잃었다. 전화를 끊고도 정은혁이 차려놓은 밥상 앞으로 갈 수 없었다.

*

열아홉, 그 어느 날, 우리반에 한 여자애가 전학을 왔었다. 입시가 얼마 안 남은 시점에 전학 오는 경우는 매우 드물었기에 친구들의 관심을 한몸에 받은 애였다. 내가 그 아이에게 관심을 갖게 된 것은 시험성적 발표가 있던 날이다. 늘 내가 1등이었는데, 이번에도 당연히 1등일 거라고 생각했다. 2등을 했다. 실수를 하긴 했지만 내가 2등이라고?

"와, 지아가 이번에 1등이네."

"공부를 잘해서 전학을 왔나보다."

전학생 지아에 대한 말들이 내 귀에 꽂혔다. 웃겼던 건, 지아가 고아원에서 살고 있으며 장학금을 받고 대학에 가려고 공부에 집착한다는 거였다. 밝아서 화목한 가정에서 큰 줄 알았는데 아니었다. 동질감이라도 느꼈던 걸까. 그날, 나는 윤지아에게 처음으로 말을 걸었다.

"일등 축하해, 지아야."

내가 윤지아와 대화를 나누자 다른 아이들의 시선이 모여들었다. 지아와 내가 싸우는 것을 기대했겠지만 아니다.

"고마워, 서아야."

그렇게 우린 친해졌다. 밥을 같이 먹고, 공부를 같이 하고, 그리고 지아는 자기가 자랐던 고아원에 나를 데려갔었다.

"우리 집에 온 걸 환영해. 여긴 우리 어머니야."

그런데 내가 생각했던 것과 다르게 훨씬, 훨씬 더 행복해 보였다.

"네가 서아구나. 우리 지아랑 친하게 지내줘서 고마워. 밥 거의 다 됐으니까, 조금만 기다려."

고아원에 있는 다른 아이들도 함께 식사를 했다. 식사 자리는 따뜻했고, 시끄러웠고, 환했다. 그 자리에서 나 혼자만 겉도는 듯했다. 너와 나는 분명 비슷해야 하는데, 왜 너는 늘 웃고 있을까?

"서아야, 어디 아파? 왜 안 먹어?"

"……몸이 좀 안 좋아서 먼저 가봐야 할 것 같아요."

"그래? 아프면 집에 가서 푹 쉬어. 지아야, 서아 데려다 주고 와."

"오늘 감사했습니다. 안녕히 계세요."

지아와 함께 집으로 돌아오는 길 내내 아팠다. 마음 어딘가가. 지아는 걱정 어린 눈으로 나를 바라봤다.

"사이, 좋아 보이더라. 화목해 보이고."

"응? 그렇지 뭐."

"부러워."

나는 지아에게 들리지 않을 작은 소리로 중얼거렸다. 그날 나는 잠에 들지 못했고, 다음 날부터 우린 멀어졌다.

"내가 잘못한 거 있어? 서아야, 왜, 나 피해?"

야자를 끝낸 밤 9시. 지아는 빈 교실에 혼자 있는 나를 찾아와 물었다. 그리고 그날 나의 열등감이 터져버렸다.

"내가 잠시 망각했나봐. 나 혼자 괜히 망상했나봐. 네가 나와 비슷할 줄 알았어. 혼자 상상하고 혼자 실망했어. 아니, 실망보다는……."

"그런 거 아니야. 내 말 좀 들어봐, 서아야."

"지아야, 우리 집 옥상, 문 열려있는 거 알아? 나, 수백 번 그 난간 위에 섰어. 근데 그럴 때마다 나를 따라다니는 계절의 냄새가, 새벽의 공기가, 날 주저하게 만들더라. 죽지 않고 살다보면 언젠가는, 지금 죽지 않기를 잘했다고 생각할 날이 올까봐."

"서아야……."

"난 너처럼 사랑 받는 사람들이 싫어. 나는 죽어도 못 가지는 그 사랑을, 그 진심을, 너는 늘 온몸으로 느끼며 살아간다는 게, 너무 싫어."

"……서아야, 세상에는 보이는 게 전부가 아니야. 너도, 나도."

그것이 지아와 나눈 나의 마지막 대화였다. 다음날, 지아는 등교하지 않았다. 지아가 살았던 고아원에서 오랜 시간 아동학대가 이뤄졌다는 기사가 나왔다. 나는 그제야 지아가 했던 그 말의 의미를 깨달았다. 보이는 게 전부가 아니라는. 그리고 지아는 세상에 편지 한 장을 남겼다. 그 내용이 나를 무너뜨렸다.

> <누구나 내가 될 수 있어요. 하지만 사람들은 외면하죠. 나와는 상관없는 일이라고.
>
> 이건 내가 세상에 남기는 마지막 말이 될 거예요.

그리고 나는 보이지 않는 유리조각이 되어서, 사람들의 마음속에 깊이 박힐 거예요. 내가 없는 세상에서 나를 이 아픔 속으로 밀어 넣은 사람들을 모두가 증오하게 할 거예요. 모두의 기억 속에서 서서히, 완전히 잊혀서 기쁘게 마지막을 받아들일 거예요.

나는 그런 죽음을 그릴 거예요.>

오랜 시간 준비했던 죽음이었다. 기사와 함께 실린 그 편지를 읽고, 나는 생각했다. 지아를 죽인 건 바로 나구나!

*

은혁이와 식사를 마친 그날 밤, 나는 달콤한 꿈을 꿨다.

"……다 들었어? 정말?"

"왜, 말 안 해줬어? 나는 서아 네가……."

"겁이 났어. 네가 몰랐으면 했던 나의 여름이니까. 네가 알 수 없었던, 내가 숨기려고 했던 세 번째의 계절이지"

"말해주기를 기다렸어. 내가 몰랐던 너의 계절들이 궁금했어. 그리고 걱정했어."

"은혁아, 나 기대하게 하지 마. 더 이상 상처받고 싶지 않아."

꿈속에서 나는 펑펑 울었다. 한번 터진 한탄이 때를 기다렸다는 듯 눈물로 쏟아져 내렸다. 감당할 수 없는 슬픔이었다. 아, 많이 힘들었었구나. 계속 버티고 버텼는데, 결국엔 한계점에 도달했구나.

"서우현은 그 얘기 다 안했는데……. 내가 중간에 끊었어, 너한테 듣고 싶어서. 그러니까 말해줘. 나는 너 안 떠나, 서아야. 나는 너를 사랑하거든."

"……."

"평생 너만을 사랑해."

사실 나는 이런 말을 바란 걸지도 모른다. 아닌 척, 아무렇지 않은 척 해도 결국에 나는, 너의 사랑을 바랬던 거였다.

사랑! 나는 드디어 온전히 가질 수 있게 되었다. 꿈속에서일지라도.

아마릴리스의 자살

(김민주)

낡은 학교의 4층 교직원 회의실. 나는 볕도 잘 드는 이 방이 비어있는 게 너무 안타까웠다. 3개월 동안 이곳을 지나다니며 내린 내 결론은 이 방을 식물 동아리 방으로 써야겠다는 것이었다. 흥미도 없는 과학이나 수학 동아리보단 내가 직접 만들고 쉴 수 있는 식물 동아리가 적합했다.

회의실 앞을 자주 지나다녀서 어디에 뭘 배치할지는 이미 구상이 다 됐다.

"이런 식으로 꾸미고……, 동아리 비로 씨앗들이랑 화분도 사서 두고 가꾸고……, 그 방이 볕이 잘 들어서."

뭐라고 말할지 노트에 다 적어 놨는데도 말이 잘 나오지 않았다.

"시후야. 너 지금 고등학교 2학년이야. 생기부 때문에 자리도 없는 바이오 동아리 비집고 들어가는 친구들은 안 보이니? 걔네가 너랑 같이 동아리 해줄 거 같아?"

다 맞는 말이어서 대꾸하지 못했다. 내 귀부터 얼굴까지 점점 빨개질 때 익숙한 목소리가 들렸다.

"선생님 제가 그 동아리 가입할게요. 동아리 개설하게 해주세요."

"최향화, 너까지 왜 그래? 공부 잘하는 애들끼리 정말……."

선생님이 불만족스럽다는 듯이 중얼거리며 동아리 개설 서류를 작성했다.

전교 1등 향화다. 향화의 이름은 익숙했지만 일면식이 없는 터라 어색할 것 같았다. 내가 거절하려는 참에 향화는 교직원 회의실 앞에서 만나자며 수업을 들으러 갔다.

나는 7교시가 끝나고 4층으로 달려갔다. 향화는 문 앞에서 검은 봉지를 들고 서 있었다.

"헉헉-. 향화야, 미안. 쌤이 종례를 좀 늦게 끝내셔서. 근데 그 봉지는 뭐야?"

"아마릴리스 씨앗이야. 원래 오늘 학교 화단에 심으려 했는데, 우연히 네가 말하는 걸 들어서. 운명인가 보다."

향화가 싱긋 웃었다. 문틈 사이로 들어오는 햇빛 때문인지 웃는 게 참 예뻤다. 어딘지 말하면 바로바로 열쇠를 꺼내주시던 경비아저씨도 4층 교직원 회의실 열쇠를 찾는 데에 시간이 꽤 걸렸다. 우리는 경비아저씨에게 받은 열쇠로 문을 열었다. 방에는 발자국이 그대로 찍힐 만큼 먼지가 수북했다.

나와 향화는 동시에 한숨을 내쉬었다.

"일단 창문부터 열자."

향화가 능숙하게 청소를 시작했다. 난 한 번도 이런 대청소를 해본 적이 없어서 향화의 행동을 보고 따라 하다시피 했다.

"넌 이름이 뭐야?"

향화가 바닥을 쓸며 내게 물었다.

"김시후. 너, 전교 1등 향화 맞지? 대단하다. 난 만년 2등이거든."

"너무 유명해져 버렸네. 그냥 우리집 형편이 별로라 장학금 받으려 열심히 한 거지. 난 생계가 달려 있잖아."

나는 말을 잘못 꺼냈다고 생각했다. 괜히 미안한 마음까지 들었다.

"근데 장학금 받으려면 생기부 잘 적히는 동아리로 가야 하는 거 아냐?"

"이 정도면 괜찮아. 그럼 너는? 너도 전교 2등이면 잘하는 건데."

"난 딱히 공부에 흥미가 없어서. 난 대학 욕심도 없어. 그냥 하는 거지."

"나도 공부하는 거 너무 재미없어서 동아리까지 그런 거 하고 싶지 않거든. 근데 이거 무슨 냄새지?"

향화는 창문 쪽으로 이동했다. 나도 따라갔다. 창문 밖을 내다보니 학교 옆 골목에서 담배를 피우고 있는 백이슬과 이소준이 보였다. 이슬의 분홍색 파마머리는 4층에서 봐도 누군지 알아보기 충분했다.

"쟤네들 누구야?"

"무서운 애들!"

난 창문을 닫으려다 창문 앞 씨앗 봉투를 떨어뜨렸다. 향화의 아마릴리스 씨앗이 든 봉투는 소준의 노란 머리를 맞고 바닥에 떨어졌다. 소준이 잔뜩 화가 난 표정을 지어 위를 보았다. 난 미안하다고 말하려다 빠르게 시야에서 사라지는 이슬과 소준이 무서워 창문을 급히 닫았다.

"시후야, 왜 그래?"

"창문을 닫다가 네가 가져온 씨앗 봉투를 떨궜어. 어떡해?"

향화는 이슬과 소준에 대해 아무것도 몰랐다. 본 적은 있으려나. 내가 불안해하고 있을 때 누군가 쿵쾅거리며 복도를 걸어왔다. 역시 백이슬과 이소준이었다. 뛰어와서 힘들어하는 이슬 옆에서 소준이 바닥에 침을 뱉었다.

"방금 우리한테 쓰레기 던진 애가 너냐?"

소준이 살기 띤 눈빛으로 나를 쳐다봤다. 키가 무척 큰 소준 앞에서 안 그래도 작은데 더 작아지는 느낌이었다.

"사과하려 했는데, 너희가 금방 사라져서⋯⋯."

날 때리려는 소준을 이슬이 말렸다.

"이소준 잠깐만. 야, 김시후. 여기 동아리냐?"

"으응. 어떻게 알았어?"

"내가 이 방 아지트로 만들려고 쌤한테 물어봤는데, 동아리 때문에 안 된다 하더라고. 웃기네, 진짜. 같잖은 것들이."

이슬이 화를 내며 벽에 몸을 기댔다. 옆 책상에 있던 향화의 씨앗 봉지들을 들고 달랑거리며 향화를 쳐다봤다. 소준은 눈물까지 보이며 웃어댔다. 그러다 이슬이 들고 있던 씨앗 봉지 하나를 뺏으며 말했다.

"어차피, 동아리 인원도 없는데 우리도 가입하지, 뭐."

"어? 우리 인원 많아. 두 명은 더 있어."

물론 지금 동아리엔 나랑 향화 밖에 없는 게 맞다. 하지만 내 신성한 동아리에 저런 저급한 애들을 가입시키고 싶지 않았다. 볕 받고 잘 자란 식물들이 담배 냄새로 다 썩어버릴 것 같기 때문이다. 평소 거짓말을 하지 않던 나여서 그런지 소준은 이미 내 거짓말을 알아챈 것 같았다.

"지랄. 니네 엄마?"

"그래. 가입해. 여기다 이름 적어."

휴화산 같던 향화가 소파에서 일어났다. 소준의 말을 듣고 말이다. 향화는 종이 한 장을 찢어 펜과 함께 책상에 세게 내려놓았다. 이슬과 소준은 흠칫하더니 이내 펜으로 이름을 적었다. 소준은 너무 세게 쓰는 바람에 종이가 조금 찢어졌다. 하지만 상관없었다. 향화가 그 종이를 구겨 자신의 주머니에 대충 쑤셔 넣었기 때문이다. 이슬은 그런 향화를 어이없어하는 듯 혀를 차곤 방을 나갔다. 한바탕 소동이 벌어진 방은 다시 고요해졌고 향화라는 화산도 다시 잠잠해졌다.

"인원도 생기고 좋지 뭐. 좋게 생각하자."

나는 애써 스스로를 위로했다. 향화가 맞는 말이라며 괜찮다 답했다. 주말에 또 보자는 향화는 씨앗 봉지들을 선반에 올려둔 뒤 방을 나갔다. 나밖에 남지 않은 방은 생각보다 컸고 세 명 정도면 적당할 것 같다는 생각이 들었다.

'둘 중에 한 명은 뺄 걸 그랬나.'

나는 혹여 누가 들을까 속으로만 생각했다. 생각은 곧 한숨이 되었다. 이미 여러 명의 손을 거친 아마릴리스 씨앗 봉지는 충분히 구겨져 있었고, 난 최대한 구겨짐을 없애려 했다.

그 뒤로 나와 향화는 자주 만나며 동아리 활동을 했다. 어느새 방은 여러 크기의 화분들로 채워졌고, 나와 향화는 점점 더 비좁아지는 방을 보며 뿌듯해했다. 물론 이슬과 소준은 그날 이후로 오지 않았다. 아예 안 온 건 아니고 쌤으로부터 도망칠 때면 여기에 숨곤 했다.

그렇게 여름방학이 다가왔고, 동아리 방엔 두 가지 변화가 있었다. 첫째는 식물들이 많이 자라서 칙칙하던 방이 푸릇푸릇 해졌단 것이고, 둘째는 향화의 말수가 점점 더 줄었다는 것이다. 원래 말수가 많은 친구는 아니지만. 왠지 나를 피하는 것처럼 느껴지기도 했다.

그 이후로 향화가 동아리 방에 들르는 일은 뜸했다. 이슬과 소준이 심심해서 방에 놀러온 날, 나는 기회 삼아 이슬에게 물었다.

"혹시, 요즘에 향화 무슨 일 있어?"

내가 생각해도 어이없었다. 뒤에서 2등 날라리에게 전교 1등의 안부를 묻다니. 하지만 이슬은 날 보며 피식 웃었다. 의자에 앉아 핸드폰을 만지며 말했다.

"걘 엄청 덤덤해 보이던데, 그걸 티내고 다니네."

나한테 하는 말 같았다. 향화랑 친하다면서 그런 것도 모르냐는 말처럼 들려서 괜히 뜨끔했다. 내가 생각하느라 서성일 때 소준이 담배 냄새를 가득 묻히고 들어왔다. 내가 기침하니 소준이 비웃으며 말했다.

"남자애가 약해 빠져가지고. 오바 떨지 마, 새끼야."

"기관지가 약해서 그래……."

내 대답을 들은 건지 아닌지 소준은 이슬 옆에 앉아 핸드폰을 보며 키득거렸다. 난 향화가 오길 바라며 방문을 뚫어지게 쳐다봤다. 바람이 살랑거려 내 목을 간지럽혔다. 난 향화가 처음 심고 좋아라하며 가꾸던 아마릴리스를 쳐다봤다. 아마릴리스는 화분이 아닌 포장지에 들어있었다. 향화가 어느새 다 자란 아마릴리스를 꽃다발로 만든 것 같았다.

'얜 또 언제 와서 이걸 만들었대.'

내가 없을 때 왔을 향화를 생각하니 약간 미웠다. 아마릴리스 잎은 햇볕에 잎이 반짝거려 루비 같았다. 향화를 향한 미운 마음도 사그라졌다. 이슬과 소준의 철없는 웃음소리를 배경음악 삼아, 난 방문과 꽃다발을 번갈아볼 뿐이었다.

그리고 여름방학 하루 전, 향화는 죽었다.

방학식 중에도 난 교장선생님의 말씀에 집중할 수 없었다. 내가 선생님의 말에 집중하지 못한 건 처음이었다. 머릿속은 점점 더 복잡해졌고, 약한 내 심장은 건강한 사람만큼 뛰었다. 그렇게 흐지부지 방학식이 마무리됐다.

방학식 끝나고 새로 생긴 꽃집을 가자던 향화는 이제 없다. 들떠있는 아이들 사이에서 걷던 난 오묘한 감정에 휩싸였다. 심장이 멈춘 듯 손끝부터 차가워졌다. 바람 한 점 없는 화창한 날씨와 여름방학식이라는 완벽한 날에 난 불길한 느낌을 떨칠 수 없었다.

"어쩜 이렇게 이쁠까…… . 정말 빨갛다. 보석 같아."

며칠간 동아리 방은 물론 학교도 나오지 않던 향화가 평화롭게 할 말은 아니었다. 물어볼 게 정말 많았고 해줄 말도 많았다.

'넌 왜 나에게 아무 말도 하지 않았냐고.'

내가 눈치 없이 말을 뱉을까봐 아랫입술을 꽉 물었다. 정말 묻고 싶었다. 갑자기 왜 이렇게 변한 건지. 동아리 때문에 기말고사 성적이 떨어져서 그런 건지. 그래서 부모님께 혼이 났던 거냐고. 묻고 싶었다. 우리는 별로 여유롭지 않은 점심시간 내내 쭈그려 앉아 아마릴리스 꽃다발만 뚫어지게 보고 있었다.

향화가 고개를 돌리지 않은 채 작게 말했다.

"이거, 내가 만든 꽃다발이야. 정말 자르기 싫었는데. 긴 줄기도 다 잘랐어. 내가."

"응. 예쁘다. 잘 만들었네."

"아마릴리스…… , 이렇게 빨갛고 이뻐도 불쌍한 얘야. 조금만 상해도 눈에 잘 띄어서 쉽게 버려지고, 너무 크고 화려해서 항상 혼자 있거든, 딱하게도."

완벽한 이과 성향의 향화 말치고는 너무나도 서정적인 말이었다. 난 향화를 다시 교실로 돌려보내려 했다. 하지만 왜인지 점심시간을 끝내는 종소리는 계속해서 들리지 않았다. 원래 지금은 종이 치고 아이들이 급하게 교실로 달려갈 시간인데 말이다. 난 자리에서 일어나 향화의 손을 잡아끌었다.

"향화야, 그냥 지금 가자. 이상하게 종이 안 울리네. 지금 몇 시야?"

"시후야, 얘 포장지 좀 바꿔줄래? 색이 마음에 안 드네."

"향화야, 너……, 울어?"

향화가 날 똑바로 쳐다보며 눈물을 흘렸다. 눈이 순식간에 빨개지고 선선하던 바람은 어느새 멈췄다. 아이들의 소리도 들리지 않았다.

"제발, 부탁할게. 김시후."

향화의 부탁을 들으며 난 꿈에서 깼다. 엄마가 잠긴 내 방문을 다급하게 두드렸다. 오늘이 개학이니 제발 방에서 나오라는 말과 함께. 난 열려있는 창문을 바라봤다. 여름바람이 더운 건지, 잠에서 깬 나는 땀범벅이었다. 어디서부터 꿈인 거지. 향화가 죽은 것부터? 내가 학교에 가면 함께 동아리 방에 가자고 보챌 향화가 있을까?

"최향화……, 무슨 아마릴리스야."

제발 끔찍한 악몽뿐이었길, 늦은 액땜이었길 바라며 나는 구겨진 교복을 챙겼다.

향화는 역시 없었다. 향화의 교실에도, 동아리 방에도. 향화가 죽고 나서의 변화는 한 가지 밖에 없었다. 내가 전교 1등이 되었다는 거였다. 전혀 기쁘지 않았다.

아이들 사이에선 전교 1등의 죽음으로 어수선했다. 내가 교실에 들어섰을 때 반 친구들은 만년 2등에서 1등이 된 날 빤히 쳐다보았다. 난 그런 눈빛들 사이에서 향화를 마저 생각할 수 없었다. 이건 단지 하나의 드라마구나. 자살이 뻔한 상황에서도 1등이 죽으면 자연스레 2등이 의심의 대상이 되는 거구나, 체념했다.

"학교 옥상에서 누가 밀어 죽였대."

"아니야. 낡은 주택에서라는데? 화단 말이야. 화단."

"진짜, 김시후가 죽인 건가? 자살이 아니고?"

향화가 어떻게 죽었는지에 대해 떠들썩했다. 다들 자기가 믿고 싶은 대로 말하고 다녔다. 그로 인해 향화의 죽음에 관한 소문은 점점 더 많아졌고, 난 모든 말이 가짜이기를 바랐다. 나는 자연스레 용의자가 되어 있었다.

우리 반, 향화네 반을 포함한 전교생 대부분은 날 의심하고 있었다. 그중 하나는 경찰을 부르기도 하였다. 이런 상황에서 학업에 집중할 수 없었다. 나는 그 뒤로 수업을 잘 듣지 않았다. 겁이 많기에 아예 듣지 않은 것은 아니고 보건실에 간다는 핑계로 동아리 방에 갔다.

'분명 백이슬과 이소준 때문일 거야.'

내가 이렇게 생각한 데엔 이유가 있다. 단지 걔네가 미워서가 아니라는 소리다. 난 이슬과 소준의 만행을 보았었다.

방학식 이틀 전 시끄러운 아이들 사이, 소준과 향화는 다른 의미로 시끄러웠다. 어머니가 잠시 자리를 비운 향화네 꽃집에서 말이다. 새로운 모종을 구하기 위해 갔던 나는 문밖에 가만히 서 있었다. 언성이 낮춰진 건 소준이 향화를 때리면서였다. 옆에 서 있는 이슬은 꽃잎 몇 개를 뜯으며 흥얼거렸다. 소준의 애쓰는 소리와 향화의 아파하는 소리와 이슬의 콧노래가 날 도망치게 만들었다.

난 아직도 상상 속에서 수백 번씩 도망치고 있다. 동아리 방에서 의미 없는 시간을 보냈다. 바람만 불어도 엉엉 울던 늦여름에서 체념한 듯한 가을까지 말이다. 그렇다고 이슬과 소준이 조용했다는 뜻은 아니다.

"김시후, 네가 최향화를 죽였다는데?"

이슬이 깔깔대고, 소준이 나타나 한마디를 덧붙였다.

"진짜 너가 죽인 거야? 무섭다 너."

항상 이런 식이었다. 비아냥대다가 유유히 나가는. 방학식 이틀 전의 만행을 본 나는 아무렇지 않은 이들의 행동이 역했다. 하지만 왜인지 소준은 평소처럼 이슬과 함께 놀지 않았다.

"이소준, 넌 왜 아무 말이 없어? 뭐 생각나는 거라도 있어?"

난 이제 도망치지 않았다. 내 질문에 이슬까지 소준을 돌아봤다. 소준이 당황하며 반박했다.

"너, 너 미쳤냐? 살인자가 누굴 몰아. 야, 백이슬 그냥 가자. 쟤 제정신 아니야."

소준이 급히 이슬을 데리고 나갔다. 이슬은 평소와 다른 소준에 당황한 것 같았다. 동아리 방을 급히 나가는 둘의 뒷모습을 바라보니 향화 생각만 더 날 뿐이었다. 소파에 기대앉아 있으니 선선한 바람이 더 잘 느껴졌다. 난 쉬는 시간의 끝을 알리는 종소리를 들으며 시든 식물들만 하염없이 바라보았다.

"야, 김시후! 내 부탁 생각 안 나?"

향화가 소파에 누워있는 날 내려다보며 말했다.

"향화? 너 향화야? 이것도 꿈이구나."

"시후야, 너가 나 죽인 거 아니잖아. 나 자살한 건데, 왜 가만히 있어? 내 아마릴리스나 다시 한 번만 봐줘."

드디어 기억났다. 내가 아무 이유 없이 동아리 방에 왔던 이유. 이건 기억 속에 작게나마 숨겨진 향화의 부탁이었다. 나는 당장 소파에서 일어났다.

"빨간색 잎……, 아마릴리스……, 아마릴리스가 어딨다는 거야."

나는 동아리방 구석에서 아마릴리스 꽃다발을 찾았다. 급하게 아마릴리스 꽃다발의 포장지를 벗겨냈다. 검은색 포장지 속 시들시들한 아마릴리스가 바닥으로 떨어졌다. 떨어진 아마릴리스 두 송이 사이 꾸깃꾸깃한 종이가 보였다. 아마릴리스를 선반에 올려두고 구겨진 종이를 폈다. 이슬과 소준의 이름이 적혀 있었다. 향화가 죽기 전 적었던 일종의 가입서다. 그런데 이름만 적혀 있는 것이 아니다. 종이가 워낙 작고 얇아 뒤에 적힌 글이 비쳤다.

<유서. 아마릴리스 줄기가 끊기지 않고 겨울방학 전까지 버텨준다면 난 너희 앞에 다시 나타날 거야. 하지만 그 전에 이 줄기가 끊긴다면 평생 나타나지 않을게.>

너무 충격적이어서 나는 나오려던 눈물이 쏙 들어갔다. 내가 잘못 읽은 것은 아닌가 해서 나는 반복해서 읽었다. 단서가 될지도 모른다. 수업을 마치는 종소리가 들리고 나는 그 종이를 접어 주머니에 넣었다. 아마릴리스의 줄기는 아직 다행히 멀쩡했다. 난 새 포장지가 없는 바람에 휴지로 꽃을 덮어두었다.

향화가 나한테 하고 싶은 말이 대체 뭘까. 그때 내가 이소준을 말렸다면, 넌 죽지 않았을까? 아마릴리스 줄기가 끊기지 않도록 지키면, 내 앞에 나타나 줄까? 죽은 게 아니고 어딘가에 있을 것만 같다. 꽁꽁 숨어 있다가 겨울방학식에 나타날지도 모른다.

고요한 4층 교직원 회의실엔 눈물을 애써 참는 남학생과 젖은 휴지로 덮여있는 아마릴리스 두 송이가 있었다.

이제 나는 수업을 빼먹지 않고 교실에 있었다. 온전히 '수업을 귀 기울여

듣는다'의 뜻은 아니고 가만히 앉아서 생각할 장소가 필요했기 때문이다. 오늘은 동아리 모임이 있는 날. 7교시가 끝나면 동아리방에서 이슬과 소준을 만날 수 있다.

난 걔네한테 이 소식을 전하기로 마음먹었다. 수업이 끝나기까지 남은 25분 동안 이슬과 소준의 반응만 생각했다. 생각할수록 복잡해지고 숨이 턱턱 막혀 그만 포기했다.

"이게 뭐야? 김시후, 너 똑바로 말해."

왼쪽 뺨과 어깨가 아렸다. 열이 나는 것 같기도 했다. 왼손잡이인 이슬이 나를 때린 것이다. 이건 꿈이 아니다. 7교시가 끝난 지금 나와 이슬과 소준은 각자 다른 반응으로 서 있었다. 나는 쓰린 뺨을, 이슬은 머리카락을 계속 만지작댔다. 창가 쪽에 서 있던 소준이 나를 보고 말했다. 너무 작아 잘 들리지 않았다. 혼잣말 수준이었다.

"너, 진짜 애쓴다. 지가 죽인 거 아니라고. 야, 그것도 간접살인이야. 애를 자살하게 냅둬 놓고."

"이거, 진짜야. 포장지 갈다가 봤어. 향화가 내 꿈에 나와서 시켰거든. 이 쪽지 발견하게 하려고 한 것 같은데."

내가 휴지를 치워 아마릴리스를 보여주었다. 소준은 아마릴리스와 내 손에 든 쪽지를 번갈아 봤다. 소준이 짧게 탄식했다. 이슬은 머리만 계속 쓸어넘겼다. 난 그런 둘에게 말했다.

"그리고 간접살인은 너네가 한 거지. 자살하게 만들었잖아."

이슬이 뭔가 깨달은 듯했으나, 소준은 조용히 키득댔다.

"이소준, 너 뭐하냐, 지금?"

이슬이 소준에게 작게 말했다. 생각 없던 이슬이 아니었다. 이슬과 소준이 날 동시에 쳐다봤다. 소준이 한숨 쉬며 말했다.

"똘똘한 새끼. 전교 2등은 다르네. 아, 이제 1등이지? 최향화 뒤져서."

"야, 조용히 해. 뭘 잘했다고."

이슬이 소준의 입을 막고 말했다. 난 이러한 광경에도 아무렇지 않았다. 친구 한 명의 유무는 내 성격을 아예 바꿔놓았다.

"나 봤거든. 너네가 향화 패는 거. 그것도 걔네 꽃집에서."

"다 봤네. 그거 보고 아무것도 안 한 거야? 친구가 맞고 있는데?"

소준이 향화의 손을 떨쳐내고 말했다. 난 그 말을 듣고 달려들었다.

"미친 새끼! 향화가 뭘 잘못했는데 향화를 괴롭혀?"

"김시후, 너 미쳤어? 왜 이래?"

소준을 깔고 앉아 얼굴을 마구 때리는 나를 이슬이 급히 말렸다. 난 이슬을 벽 쪽으로 밀치고 마저 때렸다. 이슬은 포기한 듯 벽에 기대어 앉아 있었다. 소준은 저항하다 지쳐 포기한 듯 보였다.

나는 향화를 괴롭힌 이슬과 소준을 향한 화인지, 맞고 있는 향화를 모른 척했던 나를 향한 화인지 모른 채 계속 때렸다. 얼마나 시간이 지났는지 모르지만 팔이 욱신거릴 때쯤 난 소준에게서 떨어졌다. 소준은 소매로 얼굴을 대충 닦으며 일어나 앉았다. 난 말 없이 꽃을 챙겼다. 방을 나가려는 나를 소준이 잡았다. 소준은 날 올려다보며 말했다.

"여기다 두고 가라. 그딴 거 다 태워버릴 거니까."

이슬은 아무 말이 없었다. 난 천장을 보고 3초를 셌다. 향화가 내게 알려준 화를 가라앉히는 방법이었다. 난 이슬과 소준을 번갈아 보며 말했다.

"너넨 끝까지 변한 게 없구나."

소준이 내 말을 듣고 자리에서 일어났다. 이슬은 그런 소준을 다시 앉혔다. 소준은 짜증내며 말했다.

"최향화, 걔도 잘못 했다고. 우리 하는 일에 사사건건 간섭하고 또…….".

이슬이 듣다가 소준에게 제발 그만하라며 소리쳤다. 소준은 변한 이슬에 아무 말도 하지 않았다. 이슬이 나에게 물었다.

"너……, 그냥 가라."

이슬은 다 포기한 듯한 얼굴로 날 쳐다보며 말했다. 난 더 이상 할 말이 없었다. 내 화를 억누르고 빈 화분에 아마릴리스를 대충 넣어 나왔다.

이슬과 소준이 있는 방을 나와 교문을 나섰다. 향화네 어머니가 운영하는 꽃집으로 갔다. 아주머니는 딸을 잃은 충격에 꽃집문을 몇 달간 닫았었다. 최근에 다시 열린 꽃집에 시든 꽃들처럼 아주머니 또한 많이 아파 보였다.

"아주머니, 잠시 시간 되세요?"

아주머니는 내 말을 듣고 지갑을 챙기셨다. 우린 바로 옆에 있는 카페로 갔다. 한여름의 오후 우리는 따뜻한 캐모마일 티 두 잔을 시켰다.

"오랜만이구나. 곧 시험인데 어쩐 일로 여기까지 왔어. 집 가는 방향도 아닌데."

"아주머니, 사실 드릴 말씀이 있어서 왔어요."

나는 아주머니께 모든 얘기를 했다. 향화가 죽은 것부터 쪽지를 발견하고 내가 소준이를 팬 것까지. 아주머니는 내 얘기를 듣다가 향화가 떠올라 웃다가 울다가 했다.

"말해줘서 정말 고맙다. 그게 아마릴리스구나."

"네, 맞아요. 혹시……, 저희 어머니가 꽃가루 알레르기가 심하셔서요. 이 꽃집에 맡겨놔도 될까요? 학교는 소준이 때문에 위험한 거 같아서요."

아주머니가 마지막 남은 캐모마일 티 한 모금을 마시며 알았다고 했다.

표정엔 묘한 웃음과 숨겨진 슬픔이 공존했다. 내 옆의 아마릴리스는 앉아 있는 향화 같았다. 아마릴리스는 나에게 향화 그 자체였다.

"아마릴리스는 정말 까다로운 식물이야. 향화는 생각보다 현명한 아이였구나. 내가 아는 것보다."

아주머니는 빈 잔을 만지작거리며 말했다. 난 아무 대답도 하지 않았다. 내가 아마릴리스 그 자체가 아닌 쪽지에만 집중하고 있었기 때문이다. 아주머니가 내 옆에 아마릴리스를 가져가 보더니 말했다.

"곧 줄기까지 시들 것 같구나."

"안 되는데……. 어떻게 방법이 없나요?"

"아마릴리스는 줄기 속이 텅 비어서 밀짚 같은 걸 넣어줘야 서 있거든. 향화는 분명히 그걸 알 텐데 일부러 넣지 않았어."

이 정도로 철저히 준비한 향화는 어느 요소도 어설피 넘어갈 리 없는 아이라고 생각한다. 하지만 향화가 밀짚은 넣지 않았다는 것은 나에게 비극적으로 들렸다.

"향화는 못 돌아, 아니, 안 돌아오는군요."

이제야 깨달은 날 보고 아주머니가 고개를 끄덕이셨다. 난 향화를 괴롭힌 것을 응징하려 했을 뿐 아마릴리스는 딱히 신경 쓰지 않았었다. 향화가 돌아오길 바라면서도 아마릴리스를 지킬 생각은 하지 않았던 거였다.

"하지만 제가 이 줄기를 지켜야, 향화를 볼 수 있어요. 향화를 다시 만나서……, 할 말이 너무 많아요."

난 흥분해서 날뛰듯 했다. 아주머니는 그런 날 가만히 쳐다보다가 말했다.

"시후야, 현실을 봐야 해. 나도 물론 원해. 향화를 다시 만나는 것을……. 하지만 곧 끊길 줄기를 막고 싶은 마음은 없구나. 그래도 선택은 시후 몫이니까."

아주머니가 애써 분위기를 전환시켰다. 항상 따뜻하게 말하는 아주머니지만 이번은 달랐다. 결심한 듯 차갑고 단호하게 내 손을 잡고 말했다. 표정과는 다르게 손은 미세하게 떨렸다. 그러면서도 따뜻했다. 난 탄식했다.

"학교에 가야겠어요."

아주머니 잔과 내 잔을 반납하기 위해 들었다가 내려놨다. 나는 잔 대신 화분을 챙겨 급히 나왔다. 카페를 나와 학교로 급히 갔다. 성큼성큼 걷는데 키 큰 아마릴리스가 내 턱을 자꾸 찔렀다. 줄기를 만져보니 역시 텅 비어 곧 시들 거 같았다. 그런 향화의 흔적을 하나하나 발견할 때마다 힘들었다.

나는 입술을 깨물며 마저 걸었다. 모두가 하교하고 조용한 학교에서 4층까지 계단을 올랐다. 4층에 가까워질수록 웅성거리는 소리가 들렸다. 이슬과 소준이다. 내가 한 가지 사실을 알아낼 때까지 걔네는 나름 회의 중이었다. 내가 문을 열었을 때, 그 둘은 벙찐 표정으로 나를 바라보았다. 나는 화분을 책상에 올려놓고 아무 말도 하지 않았다.

"김시후, 그냥 화분 우리한테 줘. 찜찜하단 말이야."

소준이 다가오며 말했다. 나는 화분을 가져가려는 소준의 손을 쳐냈다. 변하지 않을 거란 걸 알면서도 웅성대는 모습에 잠시나마 기대한 내가 우스웠다. 소준이 나에게 손을 올리려 하자 이슬이 말렸다.

"너네 식물 동아리 들어오고도 식물공부 하나도 안 했지?"

"갑자기 뭔 소리냐?"

"아마릴리스 특징 아냐고 물어본 거야."

이슬과 소준이 서로 속삭였다. 나는 뭐가 들어있을지 모를 줄기를 빤히 바라보았다. 속삭거리는 그들의 소리가 듣기 싫어서 내가 먼저 말을 꺼냈다.

"얘 줄기가 비어서 짚 같은 걸로 속을 채워 넣어야 하거든. 근데 향화가 줄기를 그냥 텅 비게 냅뒀어. 우리 보라고 흙에 유서까지 넣어둔 애가."

"그니까, 이거 자르자고. 왜 말귀를 못 알아먹어."

"너넨 그냥 찝찝해서 자르려고 하는 거잖아."

소준은 내 말을 듣고 대답하지 않았다. 나는 바로 가위를 치워버렸다. 소준도 처음엔 설득하다가 나중엔 언성이 높아졌다. 나는 향화의 마지막 메시지를 볼 기회를 눈앞에 두고 아무것도 하지 못했다.

이슬이 소준의 소매를 끌어당기며 말했다.

"소준아 아까 얘기했잖아. 이제 그만해 제발."

소준은 언성을 낮추고 나지막이 욕하였다.

"너 미쳤어?"

내가 소리친 건 화분이 깨지는 소리를 듣고 나서였다. 소준이 화분을 창문 밖으로 던졌고, 이슬은 내려다보았다. 이슬은 소준에게 동조하지 않고 뒷걸음질 쳤다. 난 도망치지 않았다. 이때 동안 한 걸로 충분하니까.

나는 소준의 멱살을 잡고 말했다.

"뭐하는 거야, 지금. 당장 내려가서 들고 와. 지금 당장."

"어차피 자를지 말지도 모르는 게 뭘 어떻게 하겠다는 거야. 자르는 것보단 낫잖아."

소준이 미쳤다고 생각했다. 말도 되지 않는 주장을 하는 소준의 눈엔 아무 감정도 들어있지 않았다. 나는 소준을 때릴 틈도 없이 동아리방을 나왔다. 4층부터 1층까지 계단으로 내려가는 내내 숨을 제대로 쉴 수 없었다. 계단 내려오기가 힘들어서가 아니라 심정이 복잡해서였다. 나는 화분이 아닌 향화를 한 번 더 잃은 것이다.

"안 돼! 안 돼……."

난 완전히 깨져버린 향화 앞에서 아무것도 할 수 없었다. 다양한 모양으로 깨진 화분과 꺾인 줄기의 아마릴리스가 나를 무너지게 했다. 소준을 향한 분노는 생각도 나지 않을 정도의 절망감이 나를 휘감았다. 나는 화분 조각을 맨손으로 주워 모양을 맞추려 애썼다. 뒤이어 따라온 백이슬의 비명소리에 나는 내 손에 있는 흥건한 피를 확인했다.

"김시후, 정신 차려! 너 손에 피……, 피 좀 보라고!"

"향화야……, 최향화……."

내가 위를 올려다봤을 땐 소준이 우리를 보고 있었다. 표정이 없는 채로 말이다. 거울을 보는 기분이었다. 같은 표정의 다른 목적과 감정을 가진 우리 둘은 서로를 말없이 쳐다봤다. 소준이 내 시야에서 사라지고, 난 목이 꺾인 아마릴리스를 끌어안았다. 아무리 목을 치켜세워도 계속해서 쓰러졌다. 꼿꼿하게 서 있던 아마릴리스가 쓰러지는 걸 보니 향화와 비슷하다는 생각까지 들었다. 뒤에서 성큼성큼 걸어오는 소준의 소리가 들렸다. 이슬이 소준을 말리는 소리에 뒤를 돌아봤을 때, 아마릴리스는 내 품에 없었다.

"이 개 같은 꽃 때문에 내가 잠도 못 자고 진짜."

아마릴리스의 줄기부터 잎까지 모든 것이 소준의 값비싼 운동화에 짓밟혔다. 줄기가 찢겨나가고 안에 있던 짚들이 튀어나왔다. 난 소준을 밀치지도 때리지도 못한 채 가만히 앉아만 있었다. 이슬이 반쯤 미쳐있는 소준을 말렸다.

"이소준, 너까지 왜 이래 진짜. 그만 좀 해!"

"야, 백이슬! 너 지금 김시후, 감싸냐?"

소준이 이슬의 어깨를 건드리며 말했다. 나는 줄기 속 짚들을 뒤졌다. 이슬과 소준의 싸움 소리는 들리지 않았다. 짚들 사이에서 발견된 쪽지는 돌돌 말려 있었다. 난 주머니에 쪽지를 쑤셔 넣고 자리에서 일어났다.

소준이 뒤쫓아 와서 어깨와 등을 쳐댔지만 아랑곳 하지 않았다. 나는 서둘러 향화네 꽃집으로 갔다. 이슬은 나를 뒤쫓으려는 소준을 말렸다.

"아주머니……."

"시후야, 너 손이 왜 그래?"

아주머니는 내 손을 수건으로 감쌌다. 그제야 나는 손이 많이 아픈 상태라는 걸 알았다. 아주머니가 지혈해주고 나서야 나는 모든 것을 말할 수 있었다.

"아주머니 말씀대로 줄기는 바로 꺾이더라고요."

아주머니가 내 말을 가만히 듣더니 주머니에서 뭔가를 꺼냈다.

"다시 올 것 같아서, 아까 주려다 말았다. 향화 방에서 나온 쪽진데 먼저 읽어보니 네 것 같아서."

꾸깃꾸깃한 쪽지가 아닌 새 쪽지를 받으니 기분이 묘했다. 아주머니 말에 대답하려는 찰나 익숙한 목소리가 들려왔다.

"김시후! ……향화 어머니도 계셨네요."

이슬은 휴지 여러 장에 화분 조각을 담아 왔다. 휴지는 피에 조금 적셔져 있었다. 아주머니는 이슬이 향화를 괴롭힌 당사자라는 걸 알아챈 듯했다.

"들어와."

이슬이 화분 조각을 어떻게든 붙여보려 애썼다. 아주머니는 가만히 바라보다가 덜덜거리는 이슬의 손을 잡았다. 이슬의 손 떨림이 멈췄다. 이슬이 무릎을 꿇었다.

"죄송합니다. 진짜 죄송해요. 제가……, 제가 너무 겁먹어서 빨리 말씀도……, 그니까 제가…….”

“이슬아, 일어나.”

아주머니가 덤덤히 말했다. 이슬의 피 묻은 손이 눈물에 닦였다. 나는 그런 이슬이 어색했지만 잘못됐다고 생각하진 않았다. 아주머니가 옷소매로 이슬의 얼굴을 닦았다. 아주머니가 아무리 소매로 눈물을 닦아도 이슬의 눈물은 멈출 줄 몰랐다. 향긋한 꽃으로 둘러싸인 이슬의 울음소리는 꽃집을 채웠다. 선생님께 모든 사실을 말씀드리고 오겠다는 이슬을 아주머니가 붙잡았다.

“그전에 밥부터 먹고 와.”

아주머니가 내 주머니에 돈을 넣어주었다. 나는 쪽지를 챙겨 펑펑 우는 이슬을 데리고 나왔다. 근처 중국집에 들어가 짜장면을 먹으며 서로 아무 말도 하지 않았다. 이슬 앞에서 향화의 마지막 쪽지를 한 글자씩 곱씹으며 읽었다. 아주머니가 나부터 읽으란 말을 이해할 수 있었다. 난 한 문장을 읽고 들고만 있던 젓가락을 내려놓았다.

향화는 역시나 줄기가 꺾이길 바라고 있었다. 내게 말이 되지 않는 희망을 준 것뿐이다. 나는 쪽지를 가슴팍 주머니에 접어 넣었다. 호기심 많던 이슬이 쪽지에 대해 아무 질문도 하지 않은 채 짜장면을 깨작거렸다.

‘최근 학교폭력 사례가 증가하는 추세에 인천 모고등학교 한 남학생이…….’

나와 이슬은 tv에서 흘러나오는 뉴스를 듣고 동시에 쳐다봤다. 그러다 서로의 얼굴을 보고는 뭔가 말하려다 입을 다물었다. 나와 다르게 이슬을 용서한 향화를 생각하며 주머니 속 쪽지를 매만졌다.

아마릴리스 대신 향화의 존재를 대체할 그 쪽지를…….

인공 장기

(이지아)

의찬이는 입을 틀어막았다.

"네?! 정말요?!"

"그래, 흔치 않은 기회인데 정말 운이 좋았어."

선생님은 기뻐하는 의찬이를 보면서 미소를 지었다.

"선생님 저 진짜 잘 다녀올게요!"

의찬이는 그렇게 외친 후 교문을 향해 달려 나갔다. 어려서부터 의학 쪽에 관심이 많았던 의찬이는 A병원에서 국내 최고의 의학기술로 사람의 장기와 똑같은 인공장기를 개발해 많은 사람들을 치료해주었다는 뉴스를 보고 인공장기 만드는 사람이 되어야겠다는 꿈을 꾸기 시작했다.

그러던 중 A병원에서 의찬이와 같은 친구들을 위해 일주일 동안 체험프로그램을 열게 되었는데, 거기에 엄청난 경쟁률을 뚫고 의찬이가 당첨된 것이다. 의찬이의 심장이 빠르게 뛰었다.

'이 기회를 통해 내 꿈에 한발 더 다가가야지. 거기에 가면 장기현 원장님도 만날 수 있겠지? 아, 설렌다.'

일주일 동안 병원에서 지낼 옷과 용품을 정신없이 챙겨 병원에 도착한 의찬이는 턱턱 막히는 숨을 힘겹게 내쉬며 고개를 들었다. 의찬이의 눈앞에 거대하고 새하얗다 못해 투명한 A병원이 놓였다.

"여기가 맞나? 다른 친구들을 어디 있는 거지?"

그때였다.

"안녕! 너도 프로그램 당첨되어서 왔니?"

한 아이가 의찬이에게 말을 걸어왔다. 바가지 머리에 살짝 탄 피부, 자잘자잘한 주근깨가 개구쟁이처럼 보였다.

"응, 맞아."

"그럼 이쪽으로 와. 다들 기다리고 있어."

의찬이는 아이의 옷차림새에 눈이 갔다. 낡은 신발에 약간 허름한 바지가 물려 입은 것 같기도 하고, 목이 잔뜩 늘어난 티를 보니 주워 입은 것 같기도 했다.

"다 왔어."

이런저런 생각을 하다 보니 어느새 도착했다. 그곳은 커다란 강당이었는데, 의찬이와 같이 프로그램에 당첨된 친구들로 가득했다. 사람 한 명 지나가기 부족할 정도였고, 서로 자리를 찾지 못하고 혼란스러워하고 있었다.

"잠시만요, 지나갈게요."

"내 자리는 어디 있는 거야?"

의찬이는 정신없는 상황 속에서 이리저리 서로 치이고 부딪히면서 제자리를 찾아들어갔다. 그때였다.

"끼이이이익!!!"

귀를 찢는 듯한 마이크 잡음에 의찬이도, 소리를 지르던 다른 친구들도,

혼란스러워 하던 친구들도 다들 귀를 막고 하던 행동을 멈췄다.

"아아, 안녕하십니까? 미래를 더욱 밝게 비춰 줄 자랑스러운 학생 여러분!"

인공장기 기술을 개발한 주인공이자, 의찬이의 롤모델인 A병원 장기찬 원장이다. 아이들은 선망의 눈으로 장기찬 원장을 바라보았다.

"저는 A병원의 원장 장기찬입니다!"

아이들이 "와아아아아아!" 환호했다. 의찬이도 소리쳤다.

"지금 이 자리에 있는 분들은 모두 의학 관련 꿈을 갖고 저희 병원의 프로그램을 통해 그 꿈에 한발 더 다가가고자 견학 프로그램에 신청한 학생들입니다. 저희 병원에서 값진 경험을 얻길 바라며 모두 건강하고 즐겁게 참여해주시면 감사하겠습니다."

장기찬의 말이 끝나자마자 박수가 쏟아졌다.

"난 꼭 장기찬 원장님 같은 사람이 될 거야."

"나도! 아픈 사람들을 돕는 그런 의사가 될 거야."

아이들은 너도나도 원장에 대한 칭찬을 늘어났다. 의찬이도 자신의 롤모델을 직접 보고 나니 더욱 그 꿈을 이루고 싶은 열망이 커졌다. 그때 옆에서 누군가 말을 걸어왔다.

"안녕! 난 동하야. 킥킥 너도 의사가 되고 싶니?"

"아니, 나는 인공장기 개발자가 되고 싶어서 왔어."

동하가 눈을 동그랗게 떴다.

"너는 다른 아이들과는 다른 꿈을 가지고 있구나. 여기는 미래의 의사들만 오는 줄 알았는데. 킥킥."

"그러는 너는?"

의찬이가 물었다.

"나? 글쎄……, 나도 인공장기 개발자가 되고 싶었지."

동하가 옛 추억을 회상하듯이 낮게 읊조렸다. 언뜻 들으면 슬프게 들리기도 했다. 그렇게 동하와의 첫 만남을 뒤로하고 의찬이는 숙소로 향했다.

다음날 아침. 의찬이와 다른 친구들은 강당에 집합했다. 곧이어, 병원 관계자가 등장했다. 오늘 할 활동은 병원을 돌아다니면서 각자 자신이 원하는 부서에 가서 정확히 어떤 일을 하는지 알아보는 것이다.

'나는 인공장기를 만들고 싶으니까 인공장기 계발부서로 갈 것이다. 그럼 장기찬 원장님이 직접 일하시는 모습도 볼 수 있겠지?'

의찬이는 설레는 기대감을 품고 강당을 나섰다. 병원 관계자의 안내에 따라 의찬이는 병원의 꼭대기 층으로 갔다. 그곳은 이상하게 다른 층과 달리 어두웠다. 그곳에 있는 학생은 아니, 사람은 의찬이 혼자뿐이었다.

'여기는 조명이 적은 건가? 왜 이렇게 어둡지? 이러다가 귀신 나오는 거 아니야?'

유달리 서늘하고 어두운 풍경에 잔뜩 움츠린 의찬이는 이런저런 생각을 하며 안내를 받은 대로 '장기개발센터' 간판 앞에 섰다. 얼마 지나지 않아 장기찬 원장이 새하얀 가운을 입고 나타났다.

"네가 의찬이로구나. 반갑다."

장기찬 원장은 인자한 미소로 의찬이를 반갑게 맞이했다.

"안녕하세요! 정의찬이라고 합니다!"

의찬이는 떨리는 마음을 부여잡고 큰소리로 대답했다.

"보통은 외과의사나 치과의사가 되겠다고 하는데, 인공장기 개발자가 되고 싶다니, 인상적이었어."

"저를 알고 계셨어요?"

"그럼. 지난 30년간 프로그램을 진행하면서 너처럼 인공장기 개발자가 되고 싶단 아이는 처음이었다."

의찬이는 원장이 자신을 알고 있다는 것에 심장이 빠르게 뛰었다.

"사실, 전 원장님을 보고 꿈을 키웠어요. 아직 기술이 없어 다른 사람들은 이 분야에 대해 개발하는 것을 꺼려하는데, 원장님은 다른 아픈 환자들을 위해 과감히 연구하는 것을 택하셨잖아요."

장기찬 원장은 알 수 없는 미소로 의찬이를 바라보았다.

"전, 원장님을 진심으로 존경하고 있어요."

의찬이의 볼이 복숭아색 홍조로 물들었다.

"나를 좋게 봐주니 고맙구나. 난 아직 많이 부족한 사람인데 말이지."

아까의 미소는 온데간데없고 장기찬 원장은 다시 인자한 미소로 대답했다.

"덕분에 더욱 열심히 해야겠다는 생각이 드네. 이제 내가 일하는 곳에서는 어떤 실험들을 거쳐 어떤 기술과 장기가 개발되고 있는지 볼까? 나의 연구실에 온 것을 환영한다!"

장 원장은 그 말을 끝으로 반짝이다 못해 거울처럼 보이는 육중한 철문을 열었다. 연구실 내부는 들어서자마자 밖과는 다르게 각종 비커와 실린더 속에서 알 수 없는 색깔의 약물이 담겨서 부글부글 기포를 내뿜었다.

장 원장은 눈에 띄는 것부터 차례로 연구실을 소개했다.

"이건 내가 그동안 장기를 개발하면서 참고한 인공서적과 논문이다."

빼곡히 쌓여 성벽을 쌓은 학술지가 그간 그의 노력이 어떠했는지를 잘 보여주고 있었다.

"저건 인공장기를 개발하고 사람의 몸에 적응되는지 알아볼 수 있는 시뮬레이션 프로그램이고, 또 저건 장기를 만들 때 필요한 부품이 있는 상자란다. 그리고 이건 특별히 너에게만 보여주는 건데······."

신나게 설명하던 원장은 갑자기 진지한 태도로 의찬이를 구석에 있는 문으로 이끌었다. 문에는 빨간 경고 스티커가 붙어있었다.

'관계자 외 출입금지'

장 원장이 지문으로 락을 풀자 문이 열렸다. 그 안은 앞도 보이지 않을 만큼 어두웠다. 의찬이 어둠속을 헤매는 동안 장 원장이 전원 버튼을 눌렀다.

팟-.

환해진 방은 엄청 컸고, 방 한 가운데 천장에서 조명이 내려왔다. 조명이 바로 밑에 있는 유리관을 비췄다. 갑자기 들이닥친 빛에 의찬이는 얼굴을 잔뜩 찡그렸다. 이윽고 다시 보니 유리관 안에는 빨간 무언가가 움직이고 있었다.

'어? 저게 뭐지?'

자세히 보니 인공심장이다. 여러 호스에 연결된 새빨간 인공심장은 마치 진짜인 것처럼 힘차게 뛰고 있었다. 다른 장기들 중에서도 특히 인공심장에 관심이 있던 의찬이다.

"이게 말로만 듣던 원장님의 기술이군요! 직접 보니, 너무 신기해요. 도대체 어떻게 이런 기술을 개발하셨나요? 정말, 진짜 같아요!"

커진 열정과 함께 흥분한 의찬이는 장기찬 원장에게 그간 하고 싶었던 말들을 속사포처럼 쏟아냈다.

"원장님이 개발하신 기술이 아니었다면 많은 사람들이 장기를 이식받지 못해 억울하게 세상을 떠났을 것이고, 저 또한 이런 꿈을 꾸지도 못했을 거예요."

처음 말을 꺼내는 것이 어려웠지, 한번 열린 입은 쉬지 않고 원장에 대한 존경과 그 세계에 대한 동경을 뿜어댔다. 계속 자기만 얘기하고 있다는 것을 깨달은 의찬이는 조심스레 장 원장의 얼굴을 올려다보았다.

원장은 감동스런 눈빛을 하고 의찬이를 대견하게 쳐다보고 있었다.

"의찬아, 네가 나를 이렇게 좋게 생각해주고 있는지 몰랐다. 누군가를 보며 이런 생각을 한다는 게 쉬운 것이 아니란 걸 알고 있다. 이런 너를 보니 나도 더욱 열심히 해야겠다는 생각이 드는구나."

"감사합니다. 헤헤."

갑작스러운 칭찬에 쑥스러워진 의찬이는 뒷머리를 긁적이며 수줍게 대답했다.

"오늘은 여기까지 하도록 하고, 더 궁금한 게 있으면 따로 연구실에 찾아와도 괜찮다."

"네!"

며칠이 지났다. 의찬이는 여러 프로그램에 참여하면서 꿈의 지식을 점점 넓혀갔다. 프로그램이 끝난 시간에도 남아서 공부하고, 질문하는 등 누구보다 열정적으로 참여했다. 프로그램 종료일이 벌써 지 3일밖에 남지 않았다.

"휴우……."

종일 빡빡하게 채워져 있는 스케줄을 소화하다 보니 체력에 무리가 갔다. 피곤으로 누적된 무거운 발을 이끌면서 터벅터벅 병원 복도를 지나가고 있을 때였다. 병원 관계자들도 모두 퇴근해 아무도 없는데, 아무 생각 없이 걷던 의찬이의 시야로 갑자기 왼쪽 복도가 들어왔다. 복도 끝에 위치한 철문 사이로 옅고 가는 흰빛이 새어나오고 있었다.

'어? 저기는 원장님 연구실이잖아? 병원에는 나만 남은 줄 알았는데……,' 이 시간까지 연구를 하시는 걸까? 참, 궁금한 게 있으면 따로 연구실에 찾아와도 괜찮다고 했지.'

의찬이의 발이 왼쪽으로 방향을 틀었다. 끼이이이익! 철문을 여는 소리가 음산한 분위기를 풍겼다. 고양이의 울음소리 같기도 하고. 떨리는 마음을 붙잡고 조심스럽게 문을 열자, 그 안에는 아무것도 없었다.

"계세요?"

최소한의 조명만 켜놓아 어두웠던 밖과는 달리 이곳은 대낮처럼 환한 불들이 켜져 있었다. 많은 사람들이 활발히 연구를 하고 있었던 기억과는 다르게 지금은 아무도 없었다.

"아무도 없어요?"

의찬이는 아까보다 조금 더 큰 목소리로 물었다. 역시 대답이 없었다.

'원장님이 불을 켜놓고 퇴근하셨나보다.'

아무도 없다고 생각한 의찬이는 연구실 불을 끄고 다시 나오려 했다. 여전히 꺼지지 않은 불빛이 보였다.

'관계자 외 출입금지'

장 원장과 함께 들어갔던 그때 그 문이 살짝 열려 있었다. 의찬이는 열린 문틈 사이로 안을 들여다 보다 화들짝 놀랐다.

다음날, 아침이 되었다. 이제는 익숙해진 기숙사 침대에서 일어난 의찬이는 침대에 앉아 생각에 잠겼다. A병원은 세포배양으로 인공장기를 만드는 게 아니었다. 의찬이가 어제 본 광경은 장기찬 원장이 돼지를 잔인하게 죽이는 장면이었다.

A병원은 동물들의 장기를 이용해 약간의 공정을 거친 뒤 인공장기로 발표했던 것이다. 동물을 생각해 순수 세포배양을 통한 장기라고 광고했던 것은 전부 거짓말이었다. 인공장기로 유명해진지 벌써 15년이 흘렀으니, 그간 희생된 동물들의 수만 해도 이루 말할 수 없었다.

  어렸을 때부터 새로운 기술에 대한 동경을 품었던 의찬이는 평생 꿈꾸던 것이 허상이었나 싶다. 동물의 생명을 담보로 했다는 사실에 가슴이 답답했다.

  '이건 사회적으로 잘못된 정보를 전달했을 뿐만 아니라 동물의 윤리적 문제에서도 심각한 상황이야. 어떻게 하면 막을 수 있을까?'

  이미 장기찬 원장에 대한 신뢰가 사라진 의찬이는 이 사실을 어떻게 처리해야할지 고민에 빠졌다. 그때였다.

  "뭐해?"

  동하다. 이 프로그램에 참여하게 된 첫날에 만났던 그 아이.

  '어떡하지? 말해야 하나?'

  고민도 나누면 반이 되겠지, 하는 마음으로 의찬이는 그간 일어났던 일을 모두 말했다. 동하는 희미한 미소를 지으며 말했다.

  "나도 알아."

  "뭐?"

  "이 병원이 하고 있던 짓. 다 안다고."

  *

  동하의 반려견은 산책을 무지 좋아했다. 노을이 예쁘게 지는 시간. 동하와 럭키는 공원에서 공놀이를 하는 것을 즐겼다. 동하는 최대한 공을 멀리

던지고, 럭키는 아무리 멀리 있던 공도 찾아내어 가져오곤 했다.

"럭키야, 공 물어와! 잘했어!"

"월월!"

소심한 성격에 친구도 없던 동하는 학교가 끝난 후 럭키와 공놀이를 하는 것이 세상에서 제일 재밌었다. 하지만 사고는 늘 예상하지 못한 곳에서 생기는 법이다. 그날도 어느 때와 다를 바가 없었다. 평소와 같이 공원에서 공놀이를 하던 중이었다.

"이젠 좀 더 세게 멀리 던진다."

평소 잘못 던져 풀밭에 숨겨진 공도 잘 찾아오던 럭키다. 럭키가 어렸을 땐 불안해서 살살 던졌지만, 갈수록 활발해지는 성격에 동하는 더 멀리 던지고 싶다는 생각이 들었다. 럭키가 과연 멀리 던진 공도 잘 찾을 수 있을지 궁금해진 동하는 조금 더 멀리 던졌다.

"자, 간다!"

하지만 너무 세게 던진 나머지 큰 포물선을 그리며 날아가던 공이 사라졌다. 공이 날아간 방향으로 달려가던 럭키도 함께.

럭키가 그렇게 사라진 뒤 몇 개월이 지난 후였다. 동하는 A병원에 가게 됐다. 할머니가 콩팥 이식수술을 하셨다는 소식을 듣고서다. 어린아이가 큰 병원에 있기에는 너무 심심했던 나머지 동하는 할머니를 간호하고 있는 엄마를 뒤로하고 병원 탐방에 나섰다. 그리고 육중한 철문 너머에 있는 럭키를 보았다.

럭키라는 것을 알아차린 동하는 그 철문을 열고 헐레벌떡 들어갔다.

"내가 얼마나 찾았는데……, 어?"

하지만 동하가 본 럭키는 차갑게 식어있었다. 주변을 둘러보았다. 럭키를 포함한 다양한 동물들이 흰 침대 위에 누워있었다.

"이런, 불청객이 들어왔구나."

화들짝 놀란 동하가 뒤를 돌아봤다. 장기찬 원장이 싸늘한 눈빛으로 동하를 내려다보고 있었다. TV에 나온 사람이라 동하도 앞에 있는 사람이 누군지 알았다. 그리고 여기 있는 동물들을 이렇게 싸늘한 죽음으로 몰아간 사람이라는 것도.

한 걸음, 두 걸음……. 장기찬 원장이 동하에게 다가오는 걸음에 맞춰 동하도 뒷걸음질 쳤다. 등에는 식은땀이 흐르고 있었다. 마침 열려있던 창문을 통해 들어오는 바람이 동하의 등골을 더 서늘하게 했다.

"당신이 내 럭키를 이렇게 만들었나요?"

장기찬 원장이 어깨를 으쓱했다.

"보다시피. 너의 개였다는 건 유감이다, 꼬마야."

동하의 어깨가 떨렸다.

"어떻게! 용서 못해!"

동하는 장기찬 원장을 향에 돌진했다. 하지만 성인과 싸우기에는 몸집이 너무 작았다. 장 원장은 가소로운 듯 동하의 뒷덜미를 잡고는 창밖으로 몰았다.

"꼬마야, 원래 돈을 벌려면 세상에 대한 약간의 거짓말이 필요한 거야. 비록 너의 개는 안타깝게 되었다만 그래도 개보단 사람이 중요하지 않겠니? 너도 크면 알게 될 거야. 이번 생에는 모르겠구나."

그 말을 끝으로 장 원장은 잡고 있던 동하를 놓았다. 그렇게 동하는 추락했다.

"뭐 그런 인간이 다 있어!"

"진정해, 의찬아. 넌 아직 살아있고, 장 원장의 정체를 밝힐 수 있는 사람도 너밖에 없어."

사실이었다. 지금 이 상황을 직접 목격한 것은 의찬이 뿐이다.

"우선 저기 천장에 붙어있는 CCTV 보이지? 저걸 이용해. 관계자실에 가서 저 CCTV녹화본을 복사한 뒤에 인터넷에 퍼트리는 거야. 내가 문을 열어줄게. 너는 복사만 해오는 거야."

의찬이는 비장해진 표정으로 알았다고 대답했다. 꼭 성공해 동하의 울분을 씻겨주고, 더 이상의 동물이 희생되지 않게 하고 싶었다.

밤 12시. 병원이 문을 닫고도 남은 시간이었다. CCTV실 옆에 있던 창고 안에 숨어 있던 둘은 인기척이 모두 사라진 후에 문을 열고 나왔다.

"아오, 허리야."

너무 오래 쪼그려 있던 나머지 아픈 허리를 집고 일어난 둘은 발소리를 죽여 CCTV실 문 앞에 섰다. 동하가 후우, 입김을 불자 문고리가 바스슥하며 가루가 되었다. 동하와 의찬이는 서둘러 영상을 복사하고 나왔다.

그리고 다음날, 의찬이는 밤새 만든 'A병원의 실체'라는 제목의 기사를 인터넷에 퍼트렸다. 순식간에 많은 사람들이 기사를 보게 되었고, 결국 모든 실체가 밝혀진 A병원의 이미지는 나락으로 갔다.

"그날, 널 내 연구실에 들이지 말았어야 했다."

그 말을 끝으로 장기찬 원장은 동물유기와 살인으로 감옥에 갔다.

저녁노을이 예쁘게 지는 시간, 의찬이와 동하는 공원에서 떨어지는 낙엽을 보고 있었다.

"의찬아, 고마워. 네가 아니었다면, 난 아직도 그 병원에 갇혀 있을 거야."

"아니야, 마땅히 해야 될 일인 걸."

"나는 이제 마음 편히 럭키의 곁으로 갈 수 있게 되었어. 사람이 죽어서 하늘나라로 가면 반려견이 반갑게 맞이해준다는데, 우리 럭키도 내가 가는 걸 알고 있겠지?"

"그럼. 누구보다 반갑게 맞아줄 거야. 첫날에 내게 말 걸어줘서 고마워."

"하하, 왠지 네가 무언가 할 수 있을 것 같아 보였어. 내면이 단단해 보였거든. 그래서 그런지 앞으로도 무슨 일이든지 잘 해낼 수 있을 것 같다는 확신이 든다. 하늘나라에서도 너의 앞날을 응원할게. 이만 가야겠다. 안녕"

담담하게 말을 마친 동하는 점점 흐릿해지더니 이내 사라졌다.

"내면이 단단한 사람……."

의찬이는 동하의 말을 곱씹으며 생각했다. 비록 자신이 존경했던 인물은 이젠 사회에서 부정당하는 존재로 바뀌었지만, 자신의 꿈도 부정할 수는 없었다. 의찬이는 다시 한 번 꿈에 도전하겠다고 다짐했다.

'아직 아무도 시도하지 않은 길이야. 두렵지만 잘 헤쳐 나가보겠어.'

의찬이의 마음처럼 저녁노을이 붉게 타오르고 있었다.

너와 나의 발자국

이민아

띵동. 해가 중천인 1시쯤이었을 것이다. 낮잠을 자고 있는데 누군가 초인
종을 눌렀다.

"누구세요?"

나는 누군지 확인하기 위해 열쇠구멍을 들여다보았다. 검정 모자를 푹 눌
러쓴 키 큰 남성이 서 있었다.

'뭐야? 얼굴이 안 보여서 누군지 모르겠어. 왜 아무 말도 안 하지?'

내가 잠깐 눈을 뗀 사이 집 앞에 있던 남성이 사라졌다. 나는 조심스럽게
현관문을 열었다. 나는 순간 코를 틀어막았다. 집 앞에 캐리어 하나가 놓여
있었다.

"이게 무슨 냄새야?"

나는 주변에 아무도 없는 걸 확인한 후 캐리어를 조심스럽게 집으로 가지
고 들어왔다. 코를 틀어쥔 채 한 손으로 천천히 캐리어를 열었다.

옆집 506호 여자의 시체다.

"말도 안 돼! 이 사람이 왜 여기에……."

그 순간, 한 번 더 초인종이 울렸다.

"경찰입니다."

심장이 철렁 내려앉았다. 이 시체 때문임을 직감했다. 나는 조심스레 문을 열었고 경찰은 내 손에 수갑을 채웠다.

"홍석현 씨, 당신을 살인혐의로 체포합니다."

"네? 저요? 저 아무것도 안했어요!!"

경찰이 왔으니 주변 이웃들이 내 집 앞으로 몰려들었다.

"어머, 살인이래."

"아이고 506호 여자 착하고 바른 사람인데 어쩌다가……."

"506호 남편은 뭐하고 있나 몰라."

"저 청년이 죽였다고?"

여기저기서 이웃들이 수군거렸다. 나는 그때 아까 그 검정 모자 쓴 남자를 발견했다.

"저기요! 저 사람이 범인입니다!! 전 아니라고요!!! 전 사람을 죽이지 않았어요!"

내가 소리치는 사이 그 남자는 사라지고 없었다. 나는 그대로 경찰서에 끌려갔다.

"아니, 아니라고요!"

나는 손에 수갑을 찬 채 형사와 함께 조사실로 들어갔다. 1, 2, 3……, 10. 침묵의 10초가 흘렀다. 마침내 형사가 입을 열었다.

"여기 이 영상을 한 번 보십시오." 형사가 노트북을 열어 나에게 보여줬다. 우리 집 앞에 있는 CCTV 영상이다. 나는 어이가 없어 입을 열었다.

"아니, 이건 제가 캐리어를 갖고 들어가는 부분이잖아요. 누가 봐도 오해하기 쉬운 부분만 편집해서 보여주면 어쩌자는 겁니까? 누가 집 앞에 캐리어를 갖다 두고 사라졌다고요. 전 그냥 제 집 앞에 있길래 갖고 들어온 것뿐이에요."

"저기 복도 끝에 있는 아줌마 보이시죠? 저 아줌마, 신고 받고 온 거에요."

나는 누군지 확인했지만 처음 보는 사람이었다. 우리 아파트에서 본 적도 없었다.

"홍석현 씨, 지금부터 제가 묻는 말에 진실로 대답해주시기 바랍니다."

"……네."

"홍석현 씨는 오후 12시에 무엇을 하고 있었습니까?"

"집에서 낮잠을 자고 있었습니다. 사람은 죽이지 않았다고요!"

나는 너무 억울했다. 이런 조사까지 내가 받아야만 할까.

"홍석현 씨, 묻는 말에만 대답해주세요. 오후 한 시경에 무엇을 했습니까?"

"자고 있었는데 갑자기 초인종이 울려서 깼습니다. 그리고 현관문으로 가서 열쇠구멍으로 누가 왔는지 확인하려고 했는데, 모자를 푹 눌러쓰고 있어서 누군지 확인하지 못했어요."

형사가 노트북에 타닥타닥 진술 내용을 적으면서 다시 한 번 더 물어본다.

"그 사람의 인상이나 의상 착의가 기억이 납니까?"

"음……, 모자에 F라고 적혀있었고, 키는 컸어요. 한 187?"

"누군지 확인하고 나선 무엇을 했습니까?"

"다시 보니까 사람이 없길래 캐리어를 집으로 갖고 들어왔습니다. 아까

본 CCTV 장면처럼요. 근데 그 캐리어에 시체가 들어있을 줄 누가 알았겠습니까? 제가 안 죽였습니다. 영상 전 장면은 없나요? 남자 하나 서 있을 텐데…….”

“영상 전 장면이 삭제가 되어있습니다. 증거 불충분으로 홍석현 씨가 용의자로 의심 받고 있습니다. 이 부분에 대해서 자세히 알려드릴 수 없습니다. 이제 나가셔도 됩니다.”

“이렇게 내보내는 게 어딨습니까? 전 죽이지 않았다고요.”

“나가주십시오.”

이렇게 매정하게 사람을 내보낼 수가 있나. 난 그대로 경찰서에서 쫓겨났다.

대체 무슨 일일까. 하루아침에 캐리어 하나 때문에 경찰서에 오다니. 영상은 삭제되고, 우리 아파트에서 본 적도 없는 아줌마가 신고를 하질 않나. 옆집 아줌마는 어쩌다 죽은 걸까. 평소에 남편이랑 자주 싸우더니 남편 때문에 죽은 게 아닐까. 어떻게 그렇게 끔찍한 죽음을 당한 걸까. 그 아줌마는 날 왜 신고한 거고, 영상은 어떻게, 왜 삭제됐는지 의문이다.

터덜터덜 경찰서를 나와 집으로 걸어가는 그때, 눈앞에 어떤 청년이 나타났다.

“저기요.”

“하…, 비키세요.”

가뜩이나 짜증 나 죽겠는데 갑자기 무슨 소리인지.

“경찰서 갔다 오지 않으셨어요?”

“어떻게 아시죠?”

“저는 임민호라고 합니다. 저희 누나가 살해를 당했다고 해서…….”

남자가 떨면서 말했다. 토막 난 시체로 나한테 왔던 여자의 동생이었다.

나는 이 남자가 내가 용의자에서 벗어나는 데 도와줄 것 같아 함께 집으로 가자고 했다.

임민호와 나는 아파트 복도를 천천히 걸어갔다.

"여기가 저희 누나 집이죠. 매형이랑 누나 사이 참 좋았는데, 어쩌다 이렇게 된 걸까요? 저 진짜 이제 어떻게 해야 할지 모르겠어요. 그냥 누가 그랬는지 찾아서 죽여버릴 거예요."

임민호가 떨리는 목소리로 말했다.

나는 그와 함께 우리 집 현관문을 열고 들어갔다. 나는 임민호에게 물 한 잔을 주고 소파에 앉으라고 했다. 흐느끼는 임민호를 보자, 나도 모르게 눈물이 나왔다.

"우리 같이 누가 그랬는지 찾아요. 경찰도 내 말 안 들어주는 판에 저도 이것 밖에 할 수 있는 일이 없네요."

그리고 나는 경찰서에서 진술한 내용과 아침에 있었던 일을 모두 말해주었다. 임민호가 의아해하며 말했다.

"처음 보는 아줌마가 당신을 신고했다고요? 지켜보고 있다가 신고한 것 같지, 왜?"

생각해보니 그렇다. 다른 사람 눈에는 단지 캐리어를 집으로 옮기는 것처럼 보였을 텐데 그걸 보고 신고를 했다니, 말이 되지 않았다.

"그 아줌마부터 찾아야 해요. 캐리어 두고 간 남자랑 뭔가 있을 거예요."

"무슨 수로 찾아요? 처음 보는 여자였는데……."

"경비실 가서 CCTV부터 볼까요?"

우리는 곧장 경비실로 향했다. 그 여자의 경로를 따라가며 CCTV를 확인했다. 옆집 바로 위층인 606호 여자였다. 경비아저씨는 얼마 전에 이사 온 여자라고 알려줬다. 그런 여자가 왜 나를 신고했을까.

"아저씨, 일주일 정도 전으로 돌아가서 볼 수 있을까요?"

"원래는 안 되는데……, 사정이 딱하니까, 보여줄게."

임민호와 나는 계속해서 606호 집 앞을 확인하다가 어느 지점에서 멈춰 달라고 임민호가 소리쳤다.

"여기, 지금 606호로 들어가는 사람, 저희 매형이에요."

506호 여자의 남편이 606호 여자 집으로 들어갔다는 것이다. 경비아저씨는 그 남자가 새로 이사 온 606호 여자의 집을 자주 드나들었다는 게 경비아저씨의 말이었다. 그 순간, 임민호와 나는 같은 생각했다. 불륜이라고 밖에 볼 수 없고, 506호 여자가 죽은 이유 또한 남편의 불륜 때문은 아닐까.

우리는 곧장 606호로 달려가서 문을 두드렸다. 아파트가 떠나가라 문을 쾅쾅 거리며 여자를 불렀다.

"아줌마! 아줌마아!"

그 여자가 문을 열었다. 우리를 보더니 깜짝 놀라 문을 다시 쾅 닫아버렸다. 나는 초인종을 누르면서 말했다.

"아줌마, 다 알고 있으니까, 어서 문 열어요!"

우리는 결국 그 집으로 들어가 의자에 앉았다. 아줌마가 눈치를 보더니 입을 열었다.

"미안해요."

뭐가 미안하다는 건지, 신고해서 미안하다는 건지, 불륜을 저질러서 미안하다는 건지 모르겠다. 임민호가 옆에서 화를 참지 못하고 꽃병을 깨뜨리고 나도 화를 참지 못해 계속 소리를 질렀던 것 같다.

"당신이 임미현 죽였어? 아니면 매형이 죽였나?"

"내가 안 죽였어. 최진후 그놈 짓이야."

"그 자식 지금 어딨어? 당장 데려와."

"나도 그건 몰라. 경찰이 아파트 조사하러 온 뒤로 사라졌어."

최진후? 어디서 들어봤는데, 누구더라? 그런 생각을 하고 있는데 임민호가 내 손목을 잡고 현관문 밖으로 이끌었다. 괜찮냐고 묻고 싶었지만 임민호의 혼란스러운 상태를 보고는 기다리기로 했다.

몇 분 뒤 깊은 한숨을 내쉬며 임민호가 나에게 말을 걸었다.

"이런 상황을 겪게 해드려서 정말 죄송합니다. 대신 사과드립니다. 전 정말 저희 누나가 행복하게 결혼생활을 하고 있었을 줄 알았는데……, 제가 너무 누나한테 관심이 없었던 걸까요? 저 때문에……, 저 때문에 누나가 죽은 것 같아요. 조금만 더 빨리 알 걸……."

"임민호 씨, 잘 들어요. 당신 잘못 하나도 없고 오늘 처음 본 나도 당신과 임미현 씨 사이가 좋다는 걸 알게 됐어요. 당신 탓 아니에요. 잘못한 건 최진후랑 저 불륜녀인데, 왜 당신이 자책하고 그래요? 정신 차려요. 내가 도울게요. 같이 최진후 찾으러 가요. 이럴 때일수록 정신 바짝 차려야 되는 거 알죠? 경찰서에는 아까 제가 말해뒀으니까 걱정 말고……, 최진후가 어디에 갔을 것 같은지 생각해봐요. 난 계속 경찰이랑 연락할 테니까."

자책하고 있는 임민호가 너무 걱정돼서 그냥 거의 랩을 한 것 같다. 그저 임민호를 안심시키고 싶었다. 임민호는 내 말을 듣고 고맙다고 바닥에 앉아 펑펑 울기 시작했다. 나도 마음이 아팠다. 가족을 잃은 슬픔, 하나뿐인 누나를 먼저 보낸 임민호의 마음은 어떨까.

임민호는 한참 흐른 눈물을 닦고 내게 말했다.

"저 혼자 어떻게 해결해야 하나 고민 중이었는데, 같이 찾아주신다 하니 정말 감사합니다. 예전에 누나랑 매형이랑 자주 가던 부산 별장이 하나 있어요. 둘이 신혼 때 돈 모아서 산 별장이에요. 매형, 아니, 최진후 그 새끼가 스트레스 받을 때 주말에 종종 거기서 시간을 보내더라구요. 별장 위치는 누나랑 최진후, 저밖에 모르거든요."

뭔가 거기 있을 거라는 직감이 들었다. 아니, 그냥 거기 있다고 임민호는 확신했다.

우리는 곧바로 내 차를 끌고 부산으로 향했다. 가면서도 우리의 이야기는 멈추지 않았고, 부산으로 가는 5시간 동안 임민호는 내가 알지 못했던 이야기들을 다 털어 놓았다. 그렇게 친해진 우리는 이 사건이 끝난 후에도 임민호는 나를 형이라 부르겠다고 했다. 이야기를 나누다 보니 우리는 어느새 별장에 도착했고, 조용히 차에서 내렸다.

"형, 저기에 매형 차가 있어. 아무래도 진짜 여기 있나봐. 조심해. 우리가 왔다는 걸 들키면 금세 도망갈지도 몰라."

"알겠어."

"내가 이 별장 구조를 아니까 형은 뒷문으로 들어가. 난 앞문으로 들어갈게. 최진후 그 새끼 위치 파악하면 나한테 연락해. 한 명으로는 위험하니까 두 명이 같이 최진후 제압해야 돼."

그렇게 우리는 천천히 아주 조용히 별장 안으로 들어갔다. 클래식 음악 소리가 들렸다. 최진후의 흥얼거리는 소리도 들렸다. 어이가 없었다. 지 아내 죽여 놓고 뭐가 그리 즐거울까. 아내를 사랑하긴 했었을까. 죄책감이라곤 없는 사이코패스인가. 별 생각이 다 들었다.

최진후는 다행히 나를 보지 못했고, 나는 민호한테 연락해서 최진후의 위치를 알려주었다. 최진후는 꿈에도 모르고 노래를 들으며 청소를 하고 있었다. 그때, 내 뒤로 민호가 도착했다.

"경찰에 신고할 테니까, 잠시만 내 뒤에서 기다……."

기다리라고 말하려는데, 민호가 먼저 청소하고 있는 최진후 쪽으로 싹 지나갔다.

"야, 너 미쳤어."

작은 소리로 민호를 붙잡았지만, 최진후가 이미 우리를 바라보고 있었다. 최진후는 들고 있던 청소기로 임민호의 머리를 내려쳤다. 민호는 머리를 맞은 즉시 피를 흘리며 쓰러졌고, 경찰에 신고하려던 나는 너무 놀라서 핸드폰을 떨어뜨렸다.

"당신……, 누구야? 얘 알아? 나 알아?"

아무 말도 하면 안 된다. 여길 벗어나야 한다. 말을 받아주면 나도 맞는다. 이런 생각 밖에 들지 않았다. 경찰은 언제 오지? 임민호도 구해야 하는데……. 몸이 움직이지 않았다. 가위 눌린 것 마냥 손가락 하나도 움직일 수가 없다. 머릿속이 새하얘지고, 여기서 벗어나야한다는 생각 밖에 없었다.

나는 돌아서 뛰었다. 최진후가 따라온다. 경찰은 안 오고, 민호를 구해야 됐는데 못 구하고 나와 버렸다. 최진후를 따돌리며 한참을 뛰었다. 절대 잡히면 안 된다는 생각으로 뛰다보니 최진후의 모습이 보이지 않는다.

"하, 드디어 따돌렸네. 이제 안 쫓아오겠지."

그렇게 숨을 고르고 있었는데, 저 멀리서 경찰차 사이렌 소리가 들렸다. 소리가 점점 가까워졌고, 경찰은 내게 최진후는 어디에 있냐고 물었다. 너무 정신이 없어서 경찰관이 뭐라고 하는지도 모르겠다.

경찰차를 타고 별장 쪽으로 경찰과 함께 올라갔다. 별장 앞마당 좀 멀리에 차를 세우고 살금살금 조심히 별장으로 향했다. 별장에선 인기척이 느껴지지 않았다. 아까는 들리던 클래식 소리도, 최진후의 청소기 소리도, 숲속의 새소리도 들리지 않았다. 고요했다.

"임민호부터 구해주세요. 아까 2층 계단 앞에서 최진후가 청소기로 머리를 쳐서 쓰러져있어요. 죽었을지도 몰라요. 제가 가서 구해올까요? 경찰관님들은 최진후부터 찾아주세요."

"알겠습니다. 조심하세요. 여기 어딘가 최진후가 있을 수도 있어요. 다른 경찰서에 지원 요청할 테니 조심히 들어가세요."

나는 별장 안으로 들어갔다. 한 발짝 한 발짝 내딛을 때마다 식은땀이 한 방울 두 방울 흘러내렸다. 그런데, 있어야할 그곳에 임민호는 없었다. 경찰한테 알려야 한다. 아직 안에 최진후가 있다고.

내가 뛰쳐나가려는 순간, 탕! 총소리가 울려 퍼졌다. 안방 쪽에서 났다. 안방으로 달려간 나는 순간, 그 자리에 주저앉았다. 민호가 죽었다. 최진후는 피 묻은 손으로 나를 향해 총을 겨눴다.

민호는 내 앞에 피를 흘리며 쓰러져 있었다. 총소리를 듣고 안방으로 들어온 경찰관 9명이 최진후를 즉시 제압해 긴급체포했다. 그동안 내게는 임민호 밖에 보이지 않았다. 자신의 누나와 사이가 좋은 줄 알았던 매형, 누나를 토막 내 죽인 매형, 그리고 마지막으로 자신까지 죽인 매형을 보며 얼마나 억울하고 분했을까.

임민호를 만난 지 얼마 안 된 짧은 기간이지만, 부산까지 오면서 무슨 생각을 했을지 아는 나는 눈물이 나왔다. 한 사람의 죽음을 같이 슬퍼했던 사람인데, 같이 슬퍼했던 사람은 이제 없고, 그 슬픔마저 두 배가 되었다. 난 그냥 피해자일 뿐이었지만, 임민호가 좋은 사람이라는 걸 알았기에 그를 도와주려고 했다.

차라리 내가 대신 총을 맞았더라면, 그럼 민호가 살 수 있었을 텐데…….
나는 민호를 위해서라도 최진후에게 복수하겠다고 다짐했다. 자신의 아내
를 살해한 죄! 나를 용의자로 몬 죄! 임민호를 살해한 죄! 나는 절대로 그를
용서할 수가 없었다.

경찰관은 나를 진정시키며 경찰차에 태웠다. 다시 서울로 데려다주겠다
고 했다. 가는 동안 한숨도 못잤다. 경찰관은 이틀 뒤에 바로 최진후가 법원
에 갈 거라며, 원하면 참석해도 좋다고 했다.

그렇게 이틀 뒤, 나는 대법원에 갔다. 최진후가 죄수복을 입고 내 눈 앞에
앉아 있었다. 그냥 쟤도 죽었으면 좋겠다. 의자에 앉아있는 것조차 보기가
어렵다. 어제는 임민호의 장례식에 다녀왔다. 최진후를 꼭 감옥에 보내겠다
고. 이 형이 알아서 할 테니 넌 편히 쉬기만 하라고 달래주고 왔다.

나는 법정 안에서 눈을 감고 임민호 생각을 하고 있었다. 이제 다 끝났다.
임미현과 민호는 죽고 최진후는 감옥에 가야한다. 길고 긴 최진후 추격전이
우리에게 아픔만 남은 채 끝났다. 민호도 이런 결말을 원했을까.

"피고 최진후, 무기징역을 선고한다."

네가 나를 밀던 날

장은서

눈을 뜬 순간 보인 것은 신성하리만큼 밝은 백의 공간이었다. 겨우 정신을 차리고 주위를 둘러보니 주위에는 아무것도, 그저 끝이 보이지 않는 하얀빛의 공간이 있을 뿐 이었다. 여기가 어딘지, 내가 누군지, 어쩌다 이곳에 온 것인지도 짐작되지 않았다. 하지만 처음 와본 낯선 공간이 분명함에도 전혀 무섭다거나 두려운 마음이 들지 않았다. 오히려 이상할 만큼 편안하고 안락한 공간이다.

주위를 둘러보던 그때였다. 끝이 없을 것 같은 이 공간에 작은 균열이 일어나며 소녀가 등장했다. 소녀의 옷차림은 하얗고, 그 흰색과 어우러진 백금발의 머리카락은 허리춤까지 내려와 있었다. 소녀의 황금빛 눈동자가 나를 향해 있었다.

머리부터 발끝까지 새하얗게 반짝이는 그 소녀는 어쩐지 성스럽기까지 하였다. 그렇게 말없이 나를 응시하던 소녀는 한숨을 폭 쉬고는 골치 아프다는 표정으로 나를 위아래로 훑었다. 그리곤 고급스런 컵에 담겨있는 정제불명의 액체를 건넸다.

"마시도록 해."

소녀와 나, 둘 밖에 없는 거대한 백의 공간에 소녀의 청아한 목소리가 울려퍼졌다. 소녀의 모습이 너무나 성스럽기 때문이었을까. 나는 아무런 의심 없이 컵을 받아들고 액체를 쭉 삼켰다. 평범한 액체가 아니다. 액체를 마시자마자 온몸이 불구덩이에 빠진 듯 뜨겁게 달아올랐고 참을 수 없는 고통이 느껴졌다. 온몸을 수천 개의 바늘로 쑤시는 것 같고 둔탁한 것으로 맞은 것 같은 아픔이 지속되었다.

내가 죽을 듯이 아파하며 바닥을 뒹굴자 소녀는 말없이 내 이마에 손을 올리곤 무언가를 중얼거렸다. 그러자 거짓말처럼 지금까지의 찢어질 것 같던 고통이 사라지고, 그날 밤의 수많은 기억들이 머리를 스쳐 지나갔다. 너무 많은 정보가 한꺼번에 머릿속에 들어오니 머리가 지끈 아파왔다.

내 이름은 성하연이다. 그리고 어젯밤, 나는 죽었다.

*

비가 추적추적 내리던 화요일. 그날따라 나는 유난히 재수가 없었다. 아침에 차가 흙탕물이 고인 웅덩이를 빠르게 지나가며 나의 교복이 검게 얼룩져버렸고 꼼꼼하고 성실한 성격에 반장까지 맡고 있는 내가 교과서를 챙기는 것을 잊어버렸으며 오후에 집으로 향할 때에는 강한 비바람에 우산이 뒤집어져 비에 쫄딱 젖었다. 흥건하게 젖어버린 교복을 입은 채 찝찝한 마음으로 집에 도착해서는 저녁밥을 먹고 어느새 저문 해에 어둑한 초저녁이 되고서야 교실에 휴대폰을 두고 온 것을 깨달아서 다시 찾으러 가야한다거나 하는.

그런 지지리도 재수 없는 일이 그날따라 나에게 연속으로 일어났다.

'머피의 법칙도 정도껏이지, 이게 뭐야?'

나는 속으로 투덜거리며 늦은 밤에 다시 학교로 향했다. 그나마 위안이 되는 것은 하루종일 내리던 비가 잠시 멎었다는 것이다. 그렇게 선선한 밤공기를 맞으며 학교로 천천히 걸어갔다.

얼마나 걸었을까. 정문까지 신호등 하나의 거리밖에 되지 않았다. 나는 교실에서 휴대폰을 가져와서 한시라도 빨리 집에 가고 싶은 마음이었다. 하늘에 먹구름이 다시 끼는 것을 보니 다시 비가 올 것 같아 더 그랬다.

이런저런 생각을 하며 신호등의 초록빛을 기다리고 있는데, 우리 학교 체육복을 입은 남자애가 정문으로 뛰어 들어가는 것을 보았다. 모자를 푹 눌러쓰고 있어서 얼굴은 보지 못했지만 익숙한 뒷모습이었다.

"쟤는 이 시간에 웬일이지?"

내가 작게 중얼거렸다. 나는 아마 나처럼 학교에 뭘 두고 왔을 것이라고 추측했다. 신호등이 초록빛이 되고 나는 안락한 집으로 돌아갈 수 있다는 생각에 걸음을 빨리했다.

내 교실은 1학년 5반으로 4층에 위치해 있다. 나는 계단을 두 칸씩 오르며 순식간에 4층에 도착했고 교실에 들어섰다. 학교에 도착한 사이 캄캄해진 하늘에 생각보다 무서웠지만 금방 나갈 것이기에 불은 켜지 않았다.

내 책상은 창가 쪽 맨 뒷자리로 감히 명당이라 할 수 있는 자리다. 창문 밖으로 우리 학교 운동장과 저 멀리 있는 아파트들까지 보이는. 나는 책상 서랍을 몇 번 휘적거렸고 휴대폰을 꺼냈다. 책상서랍을 뒤적거리느라 숙였던 몸을 일으키니 교실의 창문이 모두 활짝 열려 있는 것이 눈에 들어왔다. 가까이 다가가 창문 밖을 내다보니 긴 갈색머리의 여자아이가 정문을 지나

운동장을 건너오는 것이 보였다.

"어? 저거 하주현인 것 같은데. 이 시간에 웬일이지?"

오늘 따라 늦은 시간 학교로 오는 애들이 많다고 생각하던 그 찰나의 순간이었다. 누구도 예상하지 못할, 그리고 나도 전혀 예상하지 못했던 그때에 누군가 내 등을 창문 밖으로 세게 밀쳤다.

툭!

내가 운동장으로 떨어진 소리다. 머리에서는 뜨끈한 액체가 새어 나오는 것이 피다. 온몸이 아프고 누군가에게 도와 달라고 소리치고 싶었지만 목소리가 나오지 않았다. 그저 고통에 앓는 소리만 나올 뿐이었다. 간신히 고개를 돌려보니 아까 보았던 하주현이 잔뜩 겁에 질린 모습으로 두 손을 입에 가져다 대고 있었다. 너무나도 갑작스러운 상황에 놀란 듯했다.

나는 패닉에 빠져 얼어버린 하주현을 향해 고통을 참고 간신히 한마디를 뱉었다.

"도……, 와…, 줘!"

하주현은 그제야 정신이 번뜩 들었는지 휴대폰을 이리저리 만졌다. 119에 신고하려는 것 같았다. 잔뜩 겁에 질린 하주현의 손이 휴대폰과 함께 덜덜거렸다.

"여, 여보세요? 여기 사람이 떠, 떨어졌어요! 여기가 어디냐면……."

하주현이 떨리는 목소리로 전화를 하는 소리가 점점 희미해져 간다. 분명 눈을 뜨고 있지만 앞이 잘 보이지 않았다. 그리고 삐익, 이명소리가 귀에서 울렸다. 하주현이 다급한 소리로 내게 뭐라고 말을 하는 것 같은데 나는 하나도 알아들을 수가 없었다. 온몸이 아프고, 머리에서는 여전히 피가 줄줄 흘러나오는 것이 느껴졌으며 눈앞은 갈수록 흐릿해져 갔다.

귓속에서 이명소리까지 울리니 정말 죽을 맛이었다. 아, 정말로 죽고 있는 건가? 죽는 건 이런 기분인 건가? 숨을 쉴 수록 손끝이 차가워지는 게 느껴졌다. 참을 수 없는 고통에 아무것도 할 수 없는 무력감. 나는 눈을 감았다. 그리고 나는 아마도 죽은 것 같다.

그리고 기억이 돌아왔다. 난 여전히 사방이 온통 하얀색인 공간에 신성한 소녀와 서있었다.

"이제 기억이 돌아왔나 보구나."

또 다시 공간에 소녀의 목소리가 울려 퍼졌다. 나는 침을 꼴깍 삼킨 채 약간은 긴장한 채로 소녀에게 물었다.

"저는 죽은 건가요? 여긴 혹시 천국?"

그러자 소녀가 웃음기를 머금고 내게 말했다.

"그렇다고 말할 수 있지. 그렇지만 걱정은 하지 마. 나는 너를 다시 살려줄 생각이거든. 조금 골치 아픈 일이 생겨서 말이야."

"골치 아픈 일이라뇨?"

의아한 내가 되물었다.

"사실, 그날 죽어야 할 사람은 네가 아니었어. 네가 횡단보도에서 봤던 그 남자애였지. 널 밀친 아이 말이야. 근데 생뚱맞게도 네가 죽어버려서 인간의 운명이 꼬여버렸지. 그 아이대신 죽고 싶지 않다면, 네가 좀 해줘야 할 일이 있어."

소녀가 한숨을 폭 내쉬곤 다시 말을 이었다.

"네가 방금 마신 것은 신들의 신성력을 모아 아주 소량으로 응축해놓은 영수야. 인간의 몸으로 신성력을 받아들였으니 육체가 고통스러웠던 것은 당연한 일이지. 네가 신성력이 든 영수를 마시고 네 몸이 신성력을 흡수했으니 지금 불사라고도 볼 수 있단다. 그렇기에 죽지도 않고 고통도 느끼지 못할 거야. 하지만 인간계에 다시 내려간 순간부터 신성력은 빠르게 소모되어 버릴 것이고, 불사의 몸은 이틀이 유효기간이지. 그 시간동안 너를 민 그 아이를 찾아서 네가 떨어진 그 교실에서 네가 떨어졌던 것처럼 떨어뜨려야 해. 그 뒤는 내가 다 알아서 할 테니까 걱정할 건 없고."

나는 입을 벌린 벙찐 표정으로 소녀를 쳐다봤다. 아니, 소녀가 아니라 신이라 불러야 하나. 혼란스러웠다. 갑자기 죽은 것도 서러운데 이런 말도 안 되는 말을 믿으라니. 혹시 이건 꿈일지도 몰라. 혼란스러운 마음에 속으로 여러 생각들이 스쳐지나갔다.

"믿든 말든 그건 네 자유지만, 내 말을 듣지 않으면 이틀 안에 네가 죽는다는 거지. 나는 진심으로 네가 죽지 않기를 바래. 네 미래는 아주 창창하거든. 그러니 내 말을 한 번만 믿고 시도를 해보는 게 어때?"

환하게 웃는 소녀는 그 와중에도 너무 아름다워서 나는 멍하니 바라보고 있었다. 근데 말이다. 나는 속으로 말했는데, 어떻게 아는 거지? 정말, 신이 맞나? 그리고 저런 얼굴로 말하니까 조금 설득되는 것 같기도 하고. 소녀의 말이 모두 진실인 것 같기도 하고. 나는 속는 셈치고 이틀 정도는 소녀의 말을 믿어보겠다고 결론을 내렸다. 그리곤 소녀에게 말했다.

"만약 제가 이틀 안에 걔를 찾지 못하면요?"

"그럼, 네가 그 아이 대신 죽는 거지 뭐."

이래도 죽고 저래도 죽는다니. 저 소녀의 말이 맞다면, 내가 살 수 있는 방법은 날 밀친 범인을 찾는 것뿐이다.

"이제 갈 시간이 된 것 같아. 네가 반 정도는 신이 되었다지만 나 같은 신에 비교하면 그저 미개한 인간에 불과하지. 신계에 오래 있어도 인간은 죽는단다. 짧지만 만나서 즐거웠어. 곧 다시 볼 수 있길 바래."

소녀는 감미로운 목소리와 아름다운 미소가 사라지고, 나의 세상은 다시 암전이 되었다.

*

"성하연! 안 일어나?"

누군가의 목소리에 눈을 번쩍 떠보니 익숙한 천장이다. 그리고 밖에서 내 이름을 부르는 커다란 소리가 한 번 더 들려왔다. 하루도 빠짐없이 매일 들어왔던 엄마의 목소리다.

나는 반사적으로 몸을 일으켰다. 그리곤 자고 일어나 부스스한 머리를 한 채로 방문을 벌컥 열었다.

"엄마? 진짜 엄마야? 나 죽어서 방금 신 만나고 왔는데……."

"얘가 아침부터 무슨 소릴 하는 거야? 잠 덜 깼나보네. 얼른 가서 세수하면서 정신 좀 차리고 밥 먹어."

아침부터 바쁘게 진수성찬을 차리고 있는 것을 보니 틀림없이 우리 엄마다. 비몽사몽의 얼굴로 소파에 시체처럼 누워있는 여동생. 그 옆에서 여유롭게 커피를 마시며 TV를 보는 아빠. 누가 봐도 어디서 봐도 틀림없이 우리 가족의 모습이다.

'나는 분명 4층 교실에서 떨어져서 죽었다는데……. 신이라는 소녀를 만났고, 내가 불사의 몸이 되었고, 날 밀친 애를 찾아야 하고…….'

그러네. 나는 다시 살아난 거네. 그것도 불사의 몸으로! 물론 유효기간이 이틀밖에 안 되는, 나를 죽인 그 아이를 내가 죽은 방식으로 똑같게 하지 못하면 내가 진짜로 죽겠지만.

어제까지만 해도 분명 평범한 일상이었는데, 주중의 아침은 너무도 새로웠다. 나는 느긋하게 준비했다. 전에는 후다닥 먹던 아침밥도 천천히 음미하며 먹었다. 그 결과 늦게 집을 나왔다.

학교에 거의 다 와서는 지각할까 급한 마음에 뛰어가다가 툭 튀어나온 돌을 보지 못해 돌부리에 걸려 넘어졌다. 등굣길에도 사람이 많이 없는 것이 천만다행이었다. 안 그랬으면 좀 쪽팔릴 뻔했다. 무릎에서는 피가 철철 났다. 어젯밤에 머리에서 흘러나오던 피의 감촉이 생각나서 흠칫했지만, 나는 애써 그 생각을 지웠다.

그 여자애 말대로 고통은 없었다. 신기했다. 걘 진짜 신이었나? 내가 신을 만나다니, 뭔가 특별한 인간이 된 것 같은 느낌이었다. 나는 대충 손으로 피를 쓱 닦은 뒤 아무렇지 않게 다시 일어서서 학교로 향했다. 가는 동안 앞으로 어떻게 해야 할지를 고민해보았다.

하지만 막상 날 밀친 범인을 찾으려니 막막했다. 심지어 시간도 이틀밖에 없다. 그래서 나는 그날 밤의 일을 최대한 되짚어보며 범인을 찾을 수 있는 단서를 생각해보았다. 범인은 모자를 푹 눌러쓰고 마스크까지 써서 얼굴을 식별할 수 없었다.

내가 아는 것은 신호등 앞에서 보았던 체육복에 모자를 쓴 남자애가 날 밀쳤다는 것이다. 범인은 우리학교 남학생이다. 근데, 하주현은 그날 밤 왜 학교에 왔을까? 나처럼 뭔가를 두고 온 걸까? 어쩌면 하주현이 큰 단서가 될 것 같다는 예감이 들었다.

종이 울리기 직전에 들어온 교실은 학생들로 붐비고 있었다. 내 자리로 가려는데 하주현과 눈이 딱 마주쳤다. 하주현은 못 볼 것이라도 본 사람처럼 얼굴이 새하얘졌다. 딱 귀신을 본 듯한 얼굴이었다. 그녀는 바르르 떨리는 입술을 뻐끔거리더니 간신히 내게 입을 열었다.

"너 분명 어제…, 운동장에서…."

그때 종이 울렸고, 선생님께서 들어오는 바람에 대화는 이어지지 못했다. 안 그래도 하주현과 얘기해볼 작정이었기에 점심시간에 얘기하자는 쪽지를 그녀에게 건넸다. 다행이 내 앞자리가 하주현이었기에 어렵지 않게 전달할 수 있었다. 그녀는 내 쪽지를 보더니 여전히 질린 얼굴로 고개를 끄덕였다.

수업이 시작되고, 나는 신과의 대화를 홀로 되새겼다. 그런 의미에서 창가의 맨 뒷자리는 선생님의 눈을 피해 사색하기 딱 좋은 자리였다.

'죽어야 했던 사람이라…. 사람의 운명이 정해져 있는 걸까? 만약에 내가 범인을 찾아서 교실에서 떨어뜨리면 걔는 죽는 거겠지? 혹시 너무 세게 밀어서 나도 같이 떨어지면 어떡하지? 그러면 같이 죽는 건가? 아니지, 다치기는 해도 사는 건가?'

나는 아침에 다쳤던 무릎을 다시 살펴보았다. 세상에나. 상처가 없다. 피가 철철 나던 상처는 어디가고 매끈한 무릎이다. 지금은 내가 더 이상 평범한 인간이 아니라는 것만은 확실했다.

점심시간 종이 울리고 나는 하주현과 그날 밤에 대해 이야기하기 위해 급식을 거르는 대신 매점에서 샌드위치와 우유를 사서 그늘막 있는 벤치에 앉았다. 나와 마찬가지로 급식을 걸렀을 하주현을 위해 샌드위치 한 조각을 건넸지만 그녀는 입맛이 없다며 거절했다.

나는 거두절미하고 단도직입적으로 하주현에게 물었다.

"그날 밤에 학교에는 왜 온 거야?"

의도한 것은 아니었는데, 벤치에 앉으니 어제 내가 떨어졌던 운동장이 아주 잘 보이는 자리였다.

"하연아, 너 한혜림 알지? 8반에 나랑 제일 친한 친구. 걔가 어제 나를 학교로 불렀거든. 중요한 할 말이 있다면서."

한혜림이라면 나도 잘 안다. 한혜림은 8반 반장이기에 5반 반장인 나와 학생회에서 몇 번 마주치곤 했었다.

"그래? 중요한 할 말이 뭐였는데?"

나는 최대한 부드럽게 물었다. 하주현은 머뭇거리다가 대답했다.

"그게…, 네가 운동장으로 떨어지는 바람에 만나지 못했어. 그런데 그날 밤에 떨어진 거 너 맞는 거지? 119에 전화해서 구조대원이 왔는데 우리가 어디 있는지 모르겠다고 해서서 잠시 구조대원을 찾으러 갔거든? 근데 그 짧은 사이에 네가 사라진 거야. 핏자국도 없고, 네가 떨어지는 걸 분명히 봤는데…. 내가 지금 살아있는 성하연을 보고 있긴 한 거 맞아? 그 높이에서 떨어지고 어떻게, 이렇게 멀쩡할 수 있는 거야? 혹시 내가 헛것을 본걸까?"

나는 겁에 질려 횡설수설하는 하주현에 어쩐지 조금 측은한 마음이 들었다. 같은 반 친구가 떨어져서 죽어가는 모습을 본 건 확실히 유쾌한 경험은 아니다. 게다가 내가 갑자기 흔적도 없이 사라졌으니 당황했을 것이 틀림없었다.

"그래 맞아. 그날 밤 떨어진 건 나야. 그런데 119에 전화하는 네 모습을 마지막으로 보고 기절한 것 같은데, 깨어났을 땐 내 방 침대였어. 내가 하나도 다치지 않은 이유도, 내가 왜 집에 있었는지도 기억이 안나."

나는 신에 대한 이야기는 하지 않았다. 내가 왜 다시 살아났는지도. 하주현과 친하긴 하지만 아직 내 속마음을 털어놓을 정도로 깊은 사이는 아니거니와 뜬금없이 그런 말을 한다면 믿어줄 것 같지도 않아서였다. 나라도 친구가 신을 만났다거나 죽었다 살아났다고 하면 믿지 않을 것이다.

대충 얼버무리면 하주현이 납득할까 싶었지만, 수긍하는 것을 보니 지금 상태로는 논리적으로 사고가 되지 않는 듯했다. 아무래도 어제 일에 충격을 받은 듯했다. 우리는 그렇게 몇 마디 더 주고받았지만 범인을 찾을 만한 큰 단서는 얻지 못했다.

교실로 돌아와 샌드위치와 함께 먹고 남은 우유를 마시는데 문득 8반의 한혜림과 이야기를 좀 해봐야겠다는 생각이 들었다. 한혜림이 하주현을 불렀다면 그녀도 분명 어젯밤 학교에 있었을 것이다. 그날 하주현을 왜 불렀는지도 물어보고, 혹시 혜림이가 범인은 아닐까 싶었지만 이내 생각을 접었다.

그날, 날 민 범인은 분명 남자애다. 내가 만난 신도 남자애라고 말했으니까. 어서 빨리 범인을 찾아 이틀짜리 시한부 인생을 끝내고 원래의 삶으로 돌아가고 싶은 마음에 8반으로 달려가 한혜림을 찾았다. 점심시간이 끝나기 15분 정도밖에 안 남았지만 한혜림과 이야기를 나누기에는 충분한 시간이었다.

"주현아, 안녕!"

한혜림이 내 어깨를 툭 치며 말했다. 돌아선 내가 말했다.

"안녕? 난 주현이 친구 성하연이라고 해. 우리 학생회에서 봤지?"

친구들이 하주현과 나를 착각하는 건 흔히 있는 일이었다. 하주현과 나는 160중반으로 키도 비슷했고 허리까지 내려오는 긴 머리, 그리고 연갈색의 머리색도 비슷해서 뒷모습만 보면 하주현이나 다를 바 없었다. 그래서 한동안 머리를 묶고 다녔는데, 지금은 아니라서 착각한 것 같았다.

"미안, 학생회 회의 때는 항상 머리 묶고 있다가 오늘은 풀어서 착각했어. 근데, 난 왜 찾은 거야?"

"아 그게…."

나는 약간 긴장했다. 대답을 해주지 않으면 어떡하지, 하는 걱정이 들었다. 하주현과 한혜림의 사이의 사적인 약속을 물어보는 것이라 불편해 할 수도 있으니까. 그래서 나는 하주현 핑계를 댔다. 죄책감이 스멀스멀 피어올랐지만 생존확률을 높이기 위해서는 범인을 찾을 단서를 찾는 게 가장 중요했다.

"주현이가 지금 선생님한테 상담하러 갔는데, 어젯밤에 자기한테 할 중요한 말이 뭐였는지, 나보고 대신 물어봐달라고 부탁해서."

내 걱정과 달리 한혜림은 의심도 없이 흔쾌히 말해줬다.

"그게, 너희 반에 강나혁이라고 있지? 너희 반 부반장. 걔가 하주현한테 고백하고 싶은데, 주현이를 학교로 불러줄 수 있냐고 부탁해서. 자기는 처음 고백이라 이벤트를 준비해야한다나. 그러고는 나한테 자기가 불렀다고 얘기하지 말아 달랬어. 근데, 하주현은 강나혁을 못 만났대?"

강나혁이라면 잘 안다. 내가 반장이고 강나혁이 부반장이라 학생회 회의도 항상 같이 가고 봉사도 같이하는 꽤 친한 사이다. 강나혁은 공부도 잘하고 훈훈한 외모와 다정한 성격으로 우리학교 여자애들한테 인기가 많다.

'강나혁이 하주현을 좋아했었군. 그건 몰랐네. 그럼, 그날 밤에 학교에 있었던 건 한혜림이 아니고 강나혁이란 말이지?'

나는 주현이가 약속 시간에 늦어서 나혁이를 못 만난 모양이라고 대충 거짓말로 얼버무렸다. 하주현은 왜 하필 그날 늦은 거냐고 한혜림이 되물었다. 나는 모른다. 어쨌든 나는 한혜림과 시시콜콜한 얘기를 몇 마디 더 나누다가 헤어졌다.

단서를 줄 인물이 한 명 더 늘어났다. 강나혁에게 그날 학교에서 다른 애는 못 봤냐고 물어 봐야겠다는 생각을 하며 교실 문을 열었다. 내가 문을 열자마자 점심시간이 끝났음을 알리는 종이 울렸다.

자리에 앉아 교실을 둘러보니 강나혁이 보이지 않았다. 아까 내가 교실에서 우유를 먹을 때까지만 해도 있었는데? 옆자리 친구에게 물어보니 십 분 전쯤에 아파서 조퇴를 했다고 했다. 나는 문자라도 해볼까 했지만, 최근에 휴대폰을 바꿔서 친구들의 연락처가 다 날아가 버렸다는 사실이 깨달았다. 어쩔 수 없이 강나혁의 친구들에게 물어봐야겠다. 내일까지 무조건 범인을 찾아야하는데…. 문득 시계를 보니 시계바늘이1시를 가리키고 있었다.

내게 남은 시간은 35시간. 하루하고 반나절 안에 범인을 찾아야 한다.

'범인…, 찾을 수 있겠지? 죽고 싶진 않은데….'

내 인생은 아직 창창한데 남 대신 죽을 마음은 없다. 어서 빨리 범인을 찾아 35시간짜리 시한부 인생에 마침표를 찍고 싶다.

강나혁의 번호를 알아낸 나는 하주현에게 다가갔다. 아직도 그날 밤의 일이 생각나는 듯 내가 다가가자 긴장 상태를 유지하는 하주현이 어쩐지 조금 안쓰러워 보여서 점심시간에 한혜림과 나누었던 이야기를 들려주었다.

"야, 하주현, 어제 사실 혜림이가 널 불렀던 게 아니고, 강나혁이 너한테 고백하려고 혜림이 통해서 널 부른 거래. 솔직히 강나혁 정도면 괜찮지 않냐? 너도 마음 있으면 잘 해봐!"

나는 하주현이 어젯밤 일을 조금은 떨쳐버리길 바라면서 일부러 과장된 행동을 취했다. 하지만 하주현은 내 말을 듣고는 안색이 더 안 좋아졌다.

"아무래도…, 강나혁이 널 민 범인 같아."

나는 솔직히 당황스러웠다. 우리 지금 풋풋한 사랑얘기 중 아니었나? 강나혁이 범인이라니. 내가 아는 강나혁은 누굴 해하고 상처 입힐 수 있는 그럴 애가 아니다. 내가 당혹스러워하자, 그럴 줄 알았다는 듯 하주현이 천천히 입을 때었다.

"사실, 나랑 강나혁, 어렸을 때부터 알고 지내던 사이야."

나는 좀 놀랐다. 학교에서 강나혁과 하주현은 서로 말 한마디 하지 않고 지냈기 때문이다.

"나랑 강나혁 그리고 이서현이라는 애 부모님끼리 서로 친하시거든. 그래서 우리도 자연스레 친해졌어. 근데 중학교 때 서현이가 사고를 당해서…, 죽었거든. 아마 뉴스에도 나오고 한동안 떠들썩해서 너도 아마 알거야. 능하중 추락사건!"

하주현은 담담하게 말을 이었지만, 나는 그녀의 눈동자에서 헤아릴 수 없는 깊은 슬픔을 느꼈다.

"사실 서현이가 떨어졌던 그 교실에 나랑 같이 있었어. 그때 나랑 서현이랑 사소한 일 때문에 다툼이 좀 있었는데 화해하려고 학교 끝나고 교실에 남아있었거든. 나랑 서현이랑 화해하고 맛있는 거 먹으러 가자고. 강나혁이 복도에서 기다리고 있겠다고 했어. 근데 나랑 서현이가 하도 안 나오니까 교실로 들어왔는데, 마침 그때가 창문 밖으로 떨어지려고 하던 서현이를 잡은 내 손이 미끄러져서 서현이가 떨어졌을 때였던 거지. 그걸 본 강나혁은 내가 화가 나서 서현이를 창밖으로 밀었다고 오해했고. 그땐 나도 엄청난 충격을 받아서 마음 추스르느라 별다른 대화를 못했지. 그 일이 있고 육 개월 정도 후에 처음으로 대화다운 대화를 했는데, 내가 알던 다정하고 착한 강나혁이 아니라 분노와 원망에 가득 찬 사람의 눈빛이었어. 그리곤 나에게 언젠가 서현이가 느꼈던 두려움과 고통을 똑같이 느끼게 해주겠다고 했어. 그 말을 들은 나는 아무 말도 하지 못했어. 내가 서현이의 손을 놓쳐서 서현이가 죽었다는 죄책감 때문에."

그날 이후로 하주현은 강나혁과 한 번도 이야기를 해본 적이 없다고 했다. 죄책감에 하주현이 강나혁을 피했던 것도 있고, 강나혁도 자주 보이지 않았던 이유도 있다고 했다.

어제 강나혁이 자신을 불렀다는 것을 안 하주현은 나와 그녀의 뒷모습이 매우 닮았다는 것, 서현이가 떨어졌던 곳이 4층 교실이었다는 것, 그리고 그날도 비가 왔다는 것을 근거로 강나혁이 자신에게 오해에서 비롯된 복수를 하려다 나를 하주현으로 착각해 밀어버린 것이라고 결론을 내렸다.

하주현 앞에서는 그녀의 추측에 수긍하는 듯 행동했지만, 나는 강나혁이 그럴 리 없다고 생각했다. 비록 고작 몇 달밖에 안 되는 짧은 시간이었지만 반장과 부반장으로 잘 지냈다. 내가 지켜본 강나혁은 워낙 착한 성품이라 남을 해할 정도의 위인이 되지 못했다. 그런 나의 생각을 비웃기라도 하듯 강나혁이 범인일지도 모른다고 확신을 갖는 데는 오랜 시간이 걸리지 않았다.

수업시간 내내 하주현의 말을 곱씹었다. 강나혁은 범인이 아닐 것이다.

"반장?"

집에 가려고 가방을 챙기는데 강나혁과 친한 아이가 내게 다가왔다.

"혹시, 집으로 갈 건가?"

오늘은 학원수업도 없고 학생회 회의도 없어서 한가한 날이다. 나는 고개를 절레절레했다. 그러자 그 친구는 화색어린 얼굴로 말했다.

"나혁이가 아파서 병원에서 영양수액을 맞고 있나봐. 근데 학교에 두고 온 게 있다고 자기 사물함에 있는 쇼핑백 좀 자기네 집 우편함에 넣어달라고 하던데. 절대 잃어버리면 안 된다고 몇 번이나 강조하면서."

강나혁의 친구는 웬만하면 자기가 가려고 했는데, 할아버지 생신에 절대 늦지 말라고 엄마가 신신당부를 해서 믿을 만한 반장인 나한테 부탁한다고 했다. 솔직히 이리저리 뒤엉킨 생각만으로도 벅차고 좀 귀찮았지만, 나는 알겠다고 했다. 그 친구는 내게 고맙다고 연신 말하고는, 강나혁의 사물함 비밀번호와 집 주소를 알려준 뒤 급하게 교실을 나섰다.

친구가 알려준 비밀번호를 입력하고 사물함을 열어 보니 커다란 쇼핑백이 있었다. 뭐길래 이렇게 부피가 큰가 싶어 쇼핑백 안의 내용물을 슬쩍 보니 맨 위에 체육복 상의가 보였다. 나는 순간, 흠칫했다. 그날 밤 횡단보도에서 보았던 모자를 쓴 범인은 체육복 상의를 입고 있었다. 그리고 뒤이어 떠오른 것은 하주현의 말이었다. 강나혁이 범인인 것 같다는.

강나혁이, 나의 친구가 범인이 아닐 거라는 희망을 가지고. 하지만 체육복 밑에 있는 내용물을 보자, 내 희망은 산산조각이 났다. 그 모자다. 그날 범인이 쓴 모자. 자수로 스포츠 브랜드 로고가 박혀있는 검정색 볼캡. 그날 밤, 범인이 쓴 모자와 정확히 일치했다. 뿐만 아니라 함께 들어있던 조거바지마저 어젯밤 범인의 인상착의와 너무나 똑같았다.

나는 쇼핑백에 들어있던 옷을 원래대로 해서 강나혁의 아파트 우편함에 넣었다. 손이 파르르 떨려왔다. 나는 곧바로 하주현에게 문자를 보냈다. 강나혁이 언제 또 다시 하주현을 밀쳐버릴 지 모르기 때문에 조심하라는 말도 덧붙였다. 내 문자를 받은 하주현은 예상하고 있었다는 듯 자신은 괜찮다는 답변이 왔다.

진심이 아닐 것이다. 강나혁이 그랬다는 게 나도 이렇게 충격적인데, 한때 가족처럼 지내던 친구가 살인을 저질렀다는데 절대로 괜찮을 리가 없었다.

집에 들어오니 엄마가 저녁밥을 준비하고 있었다. 구수한 냄새가 딱 된장찌개였다. 내가 좋아하는 된장찌개지만, 나는 속이 안 좋다는 핑계로 내 방에 들어왔다. 입맛이 없었다. 강나혁이 범인이라는 것도, 내 손으로 강나혁을 밀쳐야 된다는 것도. 시야가 흐릿해지고 손끝이 차갑게 식어가던 그 느낌. 정말이지 다신 겪고 싶지 않고 떠올리고 싶지도 않았다.

나는 속이 꽉 막힌 기분에 씻지도 않은 채로 침대에 누웠다. 내가 죽은 건 어제, 그리고 다시 살아난 건 오늘, 그리고 범인을 찾아낸 것도 오늘이다. 원래라면 빠르게 지나간다고 느꼈을 그 하루가 너무 길었다.

나는 복잡한 마음에 눈을 감았다. 그리고 그대로 잠들어버렸다.

*

신이 준 기한인 이틀째 되는 날이었다. 내가 원래의 삶을 되찾고 강나혁이 자신의 운명에 순응해야 되는 날. 어제 불편한 마음으로 잠들어버린 까닭일까. 눈을 떠보니 시계는 5시를 가리키고 있었다. 이른 시간이라서 그런지 항상 나보다 일찍 일어나 있던 엄마도 아직 자고 있는 듯했다.

나는 후딱 샤워를 하고 아침을 시리얼로 때웠다. 그리곤 곧장 집을 나섰다. 차가운 아침공기가 얼굴을 스쳤다. 너무 일찍 나온 탓인지 학교에 도착할 때까지 서둘러 출근하는 직장인들만 보았을 뿐 학생들은 보이지 않았다.

계단을 오르는 발걸음이 유난히 무거웠다. 무거운 걸음으로 도착한 교실에는 절대로 마주치고 싶지 않은 사람이 있었다. 교실 문의 유리 너머로 단정하게 교복을 입고 흐트러짐 없는 자세로 공부하고 있는 강나혁이 보였다. 평소와 같은 모습이었지만 오늘은 이상하게 그가 낯설었다.

하필 오늘, 그를 마주치고 싶지 않은 날이다. 가장 먼저 마주한 사람이 강나혁이라는 것이 원망스러웠다. 다른 애들이 오기 전까지 교실로 들어가지 말까도 생각했지만 이내 마음을 바꿨다. 강나혁과 잘 얘기해 본다면 적어도 하주현과의 오해를 풀 수 있지 않을까, 하는 작은 기대 때문이었다.

나는 떨리는 마음을 진정시키기 위해 크게 심호흡을 한 후에 살며시 교실 문을 열었다. 교실에 앉아 공부를 하고 있던 강나혁이 문 열리는 소리에 돌아봤다.

"안녕. 일찍 왔네. 원래 이 시간엔 나 밖에 없는데 말이야."

그는 장난스런 표정으로 내게 인사하는 것까지 너무나도 평소와 똑같았다. 사람을 죽이려 했으면서 저렇게 태연할 수 있을까? 바로 어제 이 시간까지만 해도 나는 그와 진심으로 웃으면서 대화를 나눌 수 있었겠지만 지금은 그럴 수 없다.

나는 겨우 입꼬리를 올려 억지스런 미소로 인사했다. 강나혁은 내 미소에 별다른 이상함을 느끼지 못하는 것 같았다. 평소처럼 시답지 않은 얘기들로 나에게 말을 거는 강나혁이 사람을 죽였을 거라고는 도무지 생각되지 않았다.

결국, 나는 참지 못하고 물었다.

"그날 밤에 날 밀친 게 정말 너야?"

제발 아니라고 대답해주기를 속으로 빌었다. 내 바람이 무색하게도 강나혁의 눈빛이 변했다. 아까 교실을 들어올 때 보았던 장난스러운 표정은 사라지고 어제 하주현이 말했던 분노와 원망에 가득 찬 눈빛이 됐다.

"그게 누군가 했더니, 너였구나 성하연."

앞뒤 상황을 잘라먹고 그날 밤이라고 말했는데도 불구하고 강나혁은 내가 떨어진 그날 밤을 생각하고 있는 게 확실했다.

"하주현한테 얘기 다 들었어. 그건 사고였어. 만약 사고가 아니었다고 해도 그런 식으로 복수를 하면, 분명 나중에 후회할 거야."

강나혁은 오늘 나에 의해 자신의 운명대로 죽을 것이지만, 나는 그가 하주현과의 오해를 풀었으면 했다. 갈 땐 가더라도 안 좋은 감정은 모두 털어버리고 후회가 없는 마음이길 바랐다. 하지만 강나혁은 그럴 생각이 전혀 없는 모양이었다.

"아니. 난 절대 후회 안 해. 그날 서현이가 죽은 건 모두 하주현 탓이야. 서현이는 죽지 않을 수 있었다고. 하주현이 밀었든 안 밀었든 그건 상관없어. 하주현이 서현이 손을 놓아서 그렇게 된 거야!"

강나혁은 내게로 다가왔다. 나는 두려움에 뒷걸음질을 쳤다. 그리고 결국 벽에 등에 닿았다. 벽이 아니라 창문이다. 활짝 열려있는 창문에서는 서늘한 아침공기가 섞인 잔잔한 바람이 불어왔다.

그 순간의 강나혁은 정말 정신이 나간 것 같았다. 그는 초점이 없는 눈빛으로 창밖을 응시하며 중얼거렸다. 나 때문에 간신히 잡고 있던 이성의 끈을 강나혁이 놓아버린 듯했다.

"맞아. 사실 하주현은 아무 잘못이 없지. 진짜 잘못한 사람은 나야. 내가 그때 둘을 교실로 부르지 않았다면 그런 일은 일어나지 않았겠지."

강나혁은 나와 바짝 붙어있던 상체를 떼고 내 바로 옆쪽에 있는 창문에 걸터앉았다. 그 모습이 하주현이 말해줬던 서현이의 모습을 보는 듯했다. 강나혁은 이 이후로 뭐라고 더 중얼거리는 것 같았는데, 소리가 너무 작아서 내용은 들리지 않았다.

창문으로 강한 바람이 불어왔다. 강나혁의 몸이 창문 밖으로 기울어져 갔다. 나는 그를 끌어올리려 반사적으로 그의 손을 잡았다. 체격이 큰 강나혁을 내 힘으로 끌어올리는 역부족이었다. 강나혁의 무게에 이끌려 나 역시 창밖으로 떨어졌다.

바람소리가 귓가에 울렸다. 아마 강나혁도 같은 걸 듣고 있겠지. 나는 떨어져도 죽지 않을 것이기에 무섭지는 않았다. 하지만 강나혁은 죽을 것이다. 내가 그날 밤 그랬던 것처럼.

나는 눈을 꼭 감았다. 귓가에 울리던 바람소리는 어느새 잦아들었지만 시간이 지나도 몸이 땅에 부딪히는 느낌이 들지 않았다. 나는 의아함에 살포시 눈을 떴다. 강나혁과 전에 봤던 소녀도 보이지 않았다. 내가 주위를 두리번거리는데 지척에서 소리가 들려왔다.

"또 왔구나. 날 찾고 있었니?"

허리춤까지 오는 긴 백금발, 그리고 머리부터 발끝까지 온통 하얀색 옷차림인 여인이 서있었다. 저번에 보았던 그 소녀가 분명한데, 세월을 정통으로 맞은 듯 소녀의 모습은 온데간데없고 중년의 여인이다. 신의 모습에 감탄하는 것도 잠시 나는 정신을 차리고 눈앞의 중년 여성에게 와다다 말을 쏟아냈다.

"저 또 죽은 건 아니죠? 강나혁은 죽었나요? 저는 이제 어떻게 되는 거죠? 그리고 강나혁은 또 어떻게 되는 거예요?"

눈앞의 신은 진정하라는 듯 내 어깨를 몇 번 두드리고는 내 질문에 하나씩 답을 해주었다. 결론부터 말하면 나는 살았다. 나와 강나혁의 운명이 톱니바퀴 사이에 낀 작은 돌 때문에 돌아가지 않았는데, 강나혁이 자신의 운명에 순응하며 돌이 빠지고 원래대로 돌아왔다고 했다.

강나혁은 끝내 죽었다. 하주현과의 갈등도, 본인의 죄책감도 털어내지 못한 채로. 참으로 비참한 죽음이 아닐 수 없었다. 하주현과의 오해는 풀고 가게 해주고 싶었는데….

이런 내 마음을 아는지 신은 사람의 영혼은 원래 돌고 도는 것이라서 강나혁의 다음 생은 행복할 확률이 높다고, 내게 위로 아닌 위로를 해주었다.

"여기를 벗어나 인간계로 돌아간다면 네가 죽은 날부터 지금까지의 기억은 모두 사라질 거야. 그리고 인간계의 시간은 네가 운명을 맞추려고 애썼던 이틀이 사라지고 네가 죽었던 그날 밤으로 되돌아갈 거야. 물론 너는 죽지 않을 거고."

나는 다행이란 생각이 들었다. 나의 죽음, 친한 친구의 이면, 그 친구의 죽음 등에 관한 모든 기억을 그대로 떠안고 간다면 견딜 수 없을 것이다. 나는 호의를 베풀어준 신에게 감사의 말을 전했다. 원래의 내 삶으로 돌아갈 수 있도록 마음을 다잡았다. 신은 내 이마에 입을 맞추고는 신의 가호가 평생 함께 할 것이라고 축복해주었다.

새하얗던 공간에 새하얀 빛이 들어왔다. 너무 밝아서 앞이 보이지 않았다. 그렇지만 나는 앞으로 계속해서 나아갔다.

*

"성하연! 일어나."

알람대신 들려오는 엄마의 목소리에 나는 잠을 깼다. 밖에서 나는 맛있는 냄새에 문을 열었다. 엄마가 주방에서 된장찌개를 끓이고, 거실 소파에 앉아 TV를 보는 아빠, 그리고 아직 잠이 덜 깬 듯 소파에 누워있는 여동생이 보였다.

"엄마, 어제 나 어떻게 집에 왔어?"

엄마는 학교에 휴대폰을 가지러 나갔다가 도중에 비가 와서 내가 그냥 돌아왔다고 했다. 그 이후엔 바로 곯아떨어졌다는. 뭔가 기억이 날 듯 말 듯 기억 속 희미한 장면들이 스쳐지나갔다. 하지만 그뿐이었다. 다른 뭔가가 있었던 것 같은데 말이다. 내가 기억을 떠올리듯 골몰하는 사이에 엄마가 말했다.

"하연아, 참! 어젯밤에 나갔을 때 소방차 못 봤어? 너희 학교 방향으로 가던데. 사이렌 소리가 어찌나 시끄럽던지 TV소리가 안 들리더라."

"소방차? 몰라. 기억에 없는데, 봤나?"

학교 방향이면 하주현이 사는 아파트가 있는 곳인데 말이다. 오늘 학교에 가서 뭔 일인지 물어나 봐야겠다.

나는 엄마가 차린 밥상에 앉아 된장찌개를 한 입 떠먹었다.

"와, 엄마 된장찌개는 언제 먹어도 환상적이라니깐."

템플스테이

임혜빈

신께서 우리를 구원해주실 줄 알았다.

사실 그렇게 생각했으면 여기까지 못 왔겠지.

낡은 시계는 갈피를 못 잡은 채 삐꺽거렸고, 새벽 2시에 7시를 가리키는 시계는 고장이 나도 되돌리기 어려울 만큼 망가져 있었다. 언젠간 버릴 수 있을 줄 알았지만 지금까지 같은 방에 처박혀 있을 줄은 상상도 못했다.

아직도 5월만 되면 산골로 들어가던 그 입구가 생생하다.

출입금지! 다 헤진 박스를 몇 개 겹쳐놓은 그곳에 붉은 글씨로 대충 갈겨놓은 '출입금지!'다. 빗물에 젖어있던 낡은 줄들과 사람의 자취라고는 찾아볼 수 없는 곳이다. 엄마, 아빠, 나.

그리고 형. 나와 형은 두 살 터울이다. 그땐 사춘기였던 건지 툴툴대며 우리는 산을 탔다. 사람 걸으라고 만들어놓은 길은 아니어서 그런지 정말 우리가족은 클라이밍 하듯 산을 올랐다. 엄마는 웬 짐을 바리바리 싸서 가족 모두가 어깨가 빠질 만큼 힘들어했다. 더운 날씨는 아니었는데 형이랑 나는 이마에서 구슬땀이 비 오듯 흘렀다.

특히 한 발자국 내딛을 때마다 달그락거리던 물통 때문에 짜증은 이미 머리끝까지 솟아있었다.

"출입금지라는데?"

엄마도 아빠도 대답이 없었다. 그땐 그냥 그렇게 넘어갔다. 형은 운동선수 생활을 오래 해왔기 때문에 이미 저만치 앞서가고 있었다. 엄마 말로는 일주일이라고 했다. 이 산에서 7일을 견딜 생각을 하니 벌써부터 막막했다.

조금 더 걸어올라 가니 조금 규모가 커 보이는 절이 나왔다. 그냥 불국사, 선운사 비슷해보였다. 차이점이라고 하면 여기는 뭐 지붕마다 여우 대가리를 걸어놓았다. 사람이 손수 나무를 깎아 만든 그런 여우 대가리 말이다.

어느 여우는 스님들이 목에 걸고 다녔는데, 지붕엔 너무 주렁주렁 달아놔서 머리조차 잘 보이지 않았다. 그렇게 내가 정교한 여우대가리에 넋이 나가있을 동안 엄마는 인상 좋은 아저씨랑 반갑게 인사를 나누고 있었다. 마치 알고 지내던 사람같이 말이다.

엄마뿐이 아니다. 아빠도 사람들과 인사를 나누고 있었다. 오랜만에 만난 친구같이 말이다. 사실 저 여우대가리는 아빠의 사무실에서 본 적이 있다. 좀 오래전 일이라 자세한 기억은 없지만.

형은 혼자 구석에 가 있었다. 형이 챙겨온 건 고작 옷 몇 벌과 농구공이 전부다. 놀러간다는데 농구공은 도대체 왜 챙기는 건지 이해되지 않았지만 나는 이번 년도에 중학교에 입학하고 형의 경기를 몇 번 봤었다.

형은 정말 농구를 좋아하는 것 같았다. 잘 하니까 좋아할 수밖에 없는 구조다. 관중석에 앉아서 드는 생각은 "잘하네. 나도 잘하는 게 있으면 좋을 텐데."였다. 형을 진심으로 응원했다기보다는 열등감이 더 컸던 것 같다.

형은 16살에 이미 키 180을 넘겼다. 186이랬나. 나는 고작 167정도인데……. 형이 고등학교에 갔다면 2미터를 넘겼을지도 모른다. 평소에도 하루의 반을 농구공과 보내는데 가족끼리 놀러오는 데까지 농구공을 왜 가져오는지 의문이었다.

"놀러와서까지 그러고 싶냐, 지겹지도 않아?"

내 신경질적인 말투에도 형의 얼굴엔 그저 웃음만 번졌다. 겨우 두 살인데 형은 나를 꼬맹이 보듯 한다. 부모님은 바쁘게 얘기중이고, 어른들 대화에 나는 끼고 싶지 않았다. 해가 뜨거운 탓인지 여우대가리와 모든 잔상이 겹쳐보였다. 나는 어지러웠다. 어지러워서 하느님을 찾을 때쯤 엄마가 나를 불렀다.

절 뒤엔 컨테이너 박스가 여러 개 줄지어 있었는데 겉으로 볼 땐 절과 조각상이 다 가려놔서 보이지 않던 것들이다. 내 손을 잡아끈 남자는 대뜸, "여기서 지내게 될 것 같네." 했다.

나는 넋이 나갔다. 나무가 가려주는 그늘덕분에 찜질방만큼은 아니어도 한여름 더위를 에어컨 없이 컨테이너에서 보내긴 어려울 것 같다는 생각이 머리에 꽂혔다. 이게 무슨 상황이란 말인가. 넋이 나가있는 동안 뒤늦게 온 형이 내 어깨를 툭, 쳤다. 형은 그 남자가 하는 설명도 못 들었으면서 아무렇지 않게 문을 벌컥 열었다.

더운 공기가 훅 올라왔다. 낡은 컨테이너 안에는 내 또래의 애들과 더 어린 아이들이 옹기종이 모여 있었다. 열 댓명? 다들 놀라서 우리를 쳐다보았다. 맞아서 피가 떡이 진 아이도 있었다. 얼굴만 봤을 땐 고등학생과 중학생, 초등학생, 유치원에 다니는 아이들까지 있었다. 문을 열기 전엔 컨테이너가 크다고 생각했는데, 그것도 아니었다.

그 많은 사람들과 같이 지내는 거라면 좁아터졌다. 얼굴과 몸에 멍이며 상처며 하는 것들을 보아하니 겁부터 덜컥 났다. 아무런 말도 없이 형은 성큼성큼 안으로 들어갔고 나는 병아리마냥 형의 뒤를 따랐다. 문도 조그마해서 형은 허리를 숙여야 들어갈 수 있는 낮은 문이다. 이불은 부족하지 않을 만큼 쌓여있었다.

형은 자연스럽게 가져온 짐을 풀었다. 칫솔이며 옷가지들이랑 여러 가지들이 그 안에서 나왔다.

"너네, 부모도 미쳤구나."

내 시선이 구석에서 들려오는 목소리를 따라갔다. 고등학생쯤 되어보였다. 그 남자애는 피가 떡이 된 채로 웃었다.

"야, 형이 말하잖아."

누가 형이고 동생인지는 모르겠지만 정확한 건 그 남자애는 왜소했다. 얼굴은 피딱지랑 멍 때문에 형태도 모르겠고 눈은 퉁퉁 부어있었다. 누군가한테 맞은 건 분명한데 주먹으로 맞은 건지 각목으로 맞았는지는 잘 모르겠다. 심하게 맞았다는 것을 짐작할 뿐이다.

탈색을 한 샛노란 머리였는데 검은 뿌리가 조금 올라와 있었다. 물론 솔직히 내가 남자애라 부를 정도로 나이가 적어보이진 않았다. 나의 형과 또래 같기도 했다. 그와 눈이 마주쳤다.

나는 아무 말도 하지 않았다.

"왜? 너도 내 말이 안 믿겨?"

"……."

"니네, 이제 좆됐다고."

그때부터 나는 왠지 모를 불안감에 휩싸여서 손이 떨리기 시작했다. 알코

올 중독의 아빠가 손을 떨던 그때처럼 내 손끝에서 진동이 울렸다.

"뭐라는 건지 잘 모르겠는데요."

형은 침착했다. 나와는 다르게 태연했다. 하긴 형은 원래 겁이 좀 없다. 앉아있던 형이 일어나서 다시 말했다.

"뭐라는지 모르겠다고요."

186의 거구가 성큼성큼 방을 돌았다.

"그래서 어디서 자면 되는 건데요?"

형의 말에 그 노란머리가 폭소를 터트렸다. 웃다가 기침하다가 웃다가를 반복했다. 그러더니 머리를 몇 번이나 뒤로 넘겼다.

사실 들어올 때부터 느낀 거지만 평범한 템플스테이는 아니었다. 일주일만 버티면 살아나갈 수 있을 거라 생각했다. 근데 노랗게 물들인 머리 끝부분이 피에 젖을 정도로 심각하게 맞은 걸 보니 우리도 저 꼴이 날수 있을 거란 생각이 들었다.

누가 저렇게 팼을까. 덩치도 있고 키도 180은 되어 보이는데 말이다. 방안을 둘러보았지만 딱히 그럴만한 사람이 없다. 여우대가리가 저렇게 만든 걸까? 목에 구슬을 주렁주렁 단 그 여우대가리가 말이다.

"들리긴 하는가 봐? 반응하는 걸 보니."

싸움이라도 걸고 싶은 걸까. 말을 저렇게 하면 누구라도 때려주고 싶을 것 같다. 노란머리와 형의 시선이 오랫동안 맞닿아 있었다. 눈으로 무슨 대화라도 나누는 것인지. 끝내 형은 짐을 마저 풀기 시작했고 이부자리를 깔았다. 나는 형이 깐 이불로 슬금슬금 기어들어갔다.

"다들 나가고 싶어서 난리인데 여기가 어디라고 기어들어와. 너네, 여기가 정말 템플스테이 뭐, 이런 데인 것 같냐?"

형은 말없이 보기만 했다. 노란머리는 일방적으로 시비를 이어갔다.

"뭐, 여기 오면 하늘이 니네 다 시다발이해주고 챙겨준다고 해서 들어왔어?"

"네."

형의 대답에 노란머리는 미친 사람마냥 웃었다. 기침을 섞어가면서.

"또라이네 이거. 왜, 너도 저 여우대가리랑 결혼하게?"

"…."

"저 괴물이랑 결혼해서 애도 낳고 아주 행복하게 가정도 꾸려보겠다, 뭐, 이런 거네?"

노란머리의 말은 처음 듣는 소리였고, 이해도 되지 않았지만 머지않아 곧 알게 되었다.

우리는 하루에 4시간씩 수업을 들었다. 정확히 말하면 꼬박 4시간을 사상주입 받았다. 그 사람들의 말에 의하면 그랬다. 여우신의 자손들이 있는데 그들과 혼인을 올리면 하늘이 구원해준다나 뭐라나. 구미호 설화랑 비슷한 것 같긴 하다. 그렇게 영혼의 혼인식을 올리면 다들 행복의 경지에 도달하게 된다는 것이다.

다들 속으로는 개소리라고 생각하는 모양이지만 교주 앞이라 그래도 수긍하는 모습을 보였다. 노란머리는 우리가 사상주입을 받으러갈 때 따라오지 않았다. 아침 일찍 일어나 우리가 사상교육을 갈 때 노란머리는 이미 없거나 퍼질러 자거나. 양치를 하고 세수를 하고 씻는 샤워 시설은 그래도 있었다. 열악하긴 해도 그것조차 없으면 우리는 한여름을 내내 찝찝하게 보내야 할 것이다.

사상주입이 끝나면 우리는 그들이 시키는 일을 했다. 여우대가리가 걸린 그 절에선 어울리지 않게 블루베리 농사를 했는데 우린 땡볕에서 그걸 그 열매를 땄다. 농약을 친 블루베리를 손으로 만지고 있으려니 여간 찝찝한 게 아니다. 그걸 따고 포장하고…. 우리가 살던 집의 인근 마트에서 파는 거겠지. 우리가 수확한 블루베리를 사람들이 먹는 거겠지. 어디서 나는 건지도 모르고.

그렇게 일주일이 지났다. 엄마랑 아빠는 일주일이 지났는데 나타나지 않았다. 설마 우리를 두고 도망갔을 리는 없는데 자꾸 뇌에선 병신 같은 회로가 돌아갔다. 이제 믿을 건 형밖에 없다는 생각에 나는 형과 떨어지지 않기 위해 애썼다.

형은 일을 잘했다. 운동부라 그랬던 건지 무거운 것도 잘 나르고 군말 없이 일을 잘해서 예쁨을 받았다. 그게 가끔 꼴 보긴 싫어도 그렇게 받은 초코파이를 내게 줄 때면 나는 좋으면서도 투정을 부렸다.

"나는 오예스가 더 좋은데…."

"주는 대로 먹어. 말라빠져가지고."

초코파이를 몰래 나눠먹을 때만 나는 형의 장난스러운 모습을 볼 수 있었다. 어릴 때 빼고는 늘 숙소생활을 한 형이었기에 붙어있을 일도 없었고 그렇게 장난치는 것도 볼 수 없다. 형이 몰래 주머니에 넣어온 블루베리를 박박 씻어서 먹기도 했다. 나름 괜찮았다. 거기에서의 생활이 나쁘지만은 않았다.

그들의 사상수업을 듣는 게 학교수업보다 재밌었고, 블루베리 농사도 나쁘지 않았다. 여기 사람들이랑 친해지니 그래도 지낼만 했다. 가끔 초코파이나 쌍쌍바도 받아먹고 말이다. 시험도 안보고 어쩌면 이곳이 더 나은 생활일 지도 몰랐다. 부모님이 없다는 것만 빼면.

어른들과 아이들의 공간은 철저히 분리되어 있어서 나는 그곳 관계자 외에 다른 어른들을 볼 수 없었다. 그래서 좀 무섭기도 했다. 내가 나중에 가면 정말 이 사상에 빠져서 저 여우대가리를 사랑하게 될까봐, 결혼하겠다고 울부짖게 될까봐.

노란머리는 매번 늦게 돌아왔다. 다들 하루일정이 끝나고 방에 이불을 펴고 있을 때쯤에. 얼굴을 날이 갈수록 좋아지고 상처도 아무는 게 눈에 보였다. 회복이 빨랐다. 노란머리는 가끔 여자애들에게 머리끈 선물을 건넸고, 청포도 사탕을 봉지채로 훔쳐 와서 나눠주곤 하였다. 애들이 왜 그렇게 노란머리를 따르는지 그 이유를 알 것 같기도 했다.

우리에게도 빠짐없이 사탕을 나눠주었다. 나는 사탕을 입에 넣고 굴리며 감사하다는 말을 했다. 뭉그러지는 발음에 노란머리는 날 귀엽다는 듯이 웃으며 머리를 박박 헝클어뜨리기도 했다.

형은 노란머리가 마음에 안 드는지 빤히 쳐다보았고, 노란머리는 장난스럽게 웃으며 말했다.

"아이고, 핏줄 아니랄까봐. 내가 얘 잡아먹냐? 끈끈한 형제지간 부럽네."

상황은 늘 그런 식으로 넘어갔다. 얼굴의 붓기가 빠지고 멍과 상처가 아물어가니 이제야 노란머리의 얼굴이 제대로 빛을 발했다. 여우같은 눈에 높은 콧대에 얼굴선이 굵었다. 여자를 많이 울리고 다니게 생겼을 얼굴. 우리 형도 잘 생겼지만 노란머리는 진짜 인기 많은 양아치 느낌이다. 진짜 양아치였던 것 같기도 했지만. 얼굴에 붙인 밴드는 퍽이나 잘 어울렸다.

하나의 단점, 아니, 여러 개의 단점들 중에서 하나를 뽑자면 니코틴 중독자라는 것이다. 이 산속에서 담배를 어떻게 구해오는지는 몰라도 날이면 날

마다 뻑뻑 피워댔다. 하루는 담배를 피러 나가길래, 따라 나간 적이 있다. 엄마 생각에 잠이 안 오기도 했고, 새벽이라 자는 형을 깨우진 않았다.

노란머리는 좀 멀리 가서 자리를 잡고는 담배를 입에 물고 라이터를 켰다. 그때서야 나와 눈이 마주쳤다. 내가 따라온 걸 알았는지 능청스럽게 말을 건넸다.

"잠이 안 와? 너네들 폐에 담배연기 들어갈까 봐서 일부러 멀리 떨어져서 피는 건데, 왜 따라온 거야?"

나는 멀뚱멀뚱 쳐다만 보다가 옆에 앉으라는 소리에 어정쩡하게 앉았다. 절의 대청마루에 앉아서 담배연기가 하늘로 흩어지는 것을 빤히 보고만 있었다. 그렇게 멍하게 있으면 별 생각이 안 들었다. 엄마 생각도, 여기를 나가야 된다는 것도….

노란머리가 나이를 묻는다.

"열여섯이요."

그는 나를 힐끗 보더니, 너무 왜소해서 초등학생인줄 알았다고 했다. 내년이면 고등학생이 되는 나인데 말이다.

"형은 몇 살인데요?"

"나? 열여덟!"

노란머리는 우리형과 동갑이었다. 다른 데서 만났으면 친구가 됐으려나.

"어쩌다가 여기 들어왔어요?"

"엄마가 결혼을 하래. 밑도 끝도 없이."

노란머리가 엄마를 입에 담자, 나는 내 엄마가 생각났다. 엄마는 분당의 한 정신병원에서 일하는 의사였다. 매일매일 정신이상자들을 상대하다보니 힘들었던 모양이다. 발버둥치는 환자의 팔뚝에 꽂힐 주사가 엄마한테 꽂혔다. 엄마는 가끔 약도 우걱우걱 씹어 먹었다. 내 눈엔 엄마가 정신병 환자처럼 보였다.

나는 평범한 중학생이다. 선생님들에게 예쁨 받지도 못하고 싸움질을 밥 먹듯이 하는……. 엄마는 담임의 전화를 받지 않았다. 7번의 붉은색 수화통이 찍히면 엄마는 그중에 한 번을 받을까 말까 했다.

나는 어른들이 흔히 말하는 꼴통이다. 엄마는 딱 한 번 학교에 들렀다. 담임의 얼굴을 보고 죄송하다는 말만 반복했다. 내 생각인데, 그날 엄마는 학교에 오면 안 되는 거였다. 아무리 아들이 꼴통이고, 선생님 입에 수도 없이 많이 오르는 쌈닭이어도 말이다. 엄마는 환자였다.

그날 이후로 엄마는 내가 집에 들어오기만을 기다렸다. 이상한 팥을 한 움큼씩 먹였다. 설탕 간도 안 된 날것의 팥을 말이다. 굵은 소금을 마구 뿌리지를 않나. 심지어는 이상한 목각인형이 안방을 가득 채웠다. 한밤중이면 여우인지 개인지 모를 이상한 형태의 인형들이 구슬을 목에 주렁주렁 매단 채로 날 빤히 쳐다보았다.

나는 소름이 끼쳤다. 엄마에게 내 방에서만큼은 저 인형들을 치워주면 안 되냐고 물었다. 엄마는 저들이 다 내 신부라는 기괴한 말을 했다. 내가 저 이상한 짐승들과 결혼을 해야 죽은 아빠가 들어오고, 싸움을 하지 않게 되며 모든 게 정상으로 돌아온다는 것이다.

엄마의 믿음은 굳건했다. 나의 혼인으로 다시 예전처럼 행복해질 수 있다는 믿음. 아빠가 돌아오고, 그러면 다시 행복해질 수 있을 것이란 믿음. 그 희생양은 다름 아닌 나였다. 신의 목소리에 홀린 엄마는 내 말을 들어주지 않았다.

나는 아무것도 몰랐다. 엄마 손에 이끌려 사람의 발길도 닿지 않는 이 산

구석에 처박혔고 엄마와도 헤어졌다. 생존 욕구는 꿈틀거렸다. 교주는 나를 비롯한 아이들을 노동으로 내몰았다. 블루베리농장에서 종일 노동에 시달리다 돌아오면 피곤에 절어서 베개에 머리만 닿아도 금방 잤다.

내가 있는 곳은 사이비 종교단체다. 블루베리 농사가 전부가 아니다. 블루베리뿐만 아니라 약도 팔고 가끔은 장기도 팔았다. 블루베리농장은 그들의 돈벌이 실체를 가려줄 수단일 뿐이다.

본인의 장기를 바쳐서 구원받겠다는 미친놈들이 있다. 그들의 최고 돈줄이다. 여우 새끼들의 먹이. 간을 빼먹는 구미호가 따로 없었다. 그렇게 본 시체만 지금까지 10구도 넘는다. 물론 몰래 본 거라 못 본 척 할 수밖에 없는 상황이지만 떠올리자면 토할 것 같다. 숙소 뒤편에서 헛구역질을 서너 번 했나. 나오는 건 없는데 속이 안 좋아서 버틸 수가 없었다.

난 이곳에서 열일곱의 새해 아침을 맞았다. 아빠는 이미 오래전부터 없었고, 이번엔 엄마도 없이 나 혼자다. 딱히 엄마가 보고 싶진 않았다. 새해라고 다를 건 없었다. 추웠다. 손이 얼 것 같았다. 블루베리 농사는 끝난 지 오래고 긴팔을 입을 때쯤 교주는 다시 일을 주었다.

이번엔 흰 가루를 소분하는 일이었는데, 어린애들은 제외되었다. 비싼 가루라 1g이라도 사라지면 그 돈이 우리 몸값보다 비싸다고 했다. 우리는 학교도 가지 못한 채 이상한 교육만 받다보니 다들 머리가 이상해졌다. 잘못된 믿음이 우리 안에 확고하게 자리를 잡는 듯했다.

나는 절대 장기를 도둑맞은 시체로 나가진 않을 것이다. 살고 싶었다. 여기를 무사히 빠져나가서 평범한 사람들처럼 돈을 벌며 살고 싶었다. 장기를 빼앗긴 시체는 별 취급도 받지 못하고 아무데나 묻혔다.

그 시체들 중에 엄마가 있을 줄은 몰랐다. 왜소한 엄마는 더 말라보였다.

엄마는 여우대가리한테 간을 다 빼먹힌 듯이 창백했다. 핏기라곤 찾아볼 수 없는 엄마의 얼굴은 불편했다. 그날, 나는 속을 다 게워냈다.

"생각했던 거랑은 다르게 사람이 살아지긴 하더라. 근데 사람이라고 불러야하나?"

노란머리의 담배가 점점 짧아지고 있었다.

"나갈 생각은 없어요?"

노란머리는 너덜너덜해진 슬리퍼로 담배꽁초를 뭉갰다. 나는 졸려서 죽을 것 같았지만 하품을 참아가며 노란머리가 이곳에 온 얘기를 들었다. 잘 따라 나온 듯했다.

노란머리는 유학을 간다고 하고 학교를 나왔다. 미국으로 유학 가서 잘 사는 집의 아들이라고 모두가 그렇게 생각했다. 친구들과는 연락을 할 수 없었다. 시간이 좀 흐르니까 같이 놀던 친구들도 노란머리를 최승혁을 잊었다. 가끔 농장 관계자들과 시내에 나가면 그때에 머리를 노랗게 물들이고 담배도 왕창 사왔다.

"그래도 여기선 되게 예쁨을 받는 것 같던데요."

승혁이 형은 내게 대뜸 죽음을 본적이 있냐고 물었다.

노란머리는 엄마의 죽음을 보고 더 이상 거기 있을 수가 없었다. 구토를 쏟아내고 빈속을 더 게워냈다. 슬픔보다 이젠 그 누구도 안전하지 않다는 생각이 들었다. 엄마가 자신의 장기까지 팔아먹고 갔을지도 모르는 일이었기에 노란머리는 모든 게 무서웠다.

엄마의 죽음 앞에서, 창백한 그 얼굴 앞에서 제일 먼저 든 생각은 자신이라도 살아서 나가자, 였다. 역겨웠다. 엄마의 죽음에 슬퍼하는 아들이 아니어서. 슬픔보다 생존이 먼저인 아들이어서. 장기를 다 뺏긴 채 산에 던져지기는 싫었던 것이다.

노란머리는 입술을 잘근잘근 씹으며 밤새 고민했다. 잡히면 그대로 죽을지도 모르는 일이다. 목숨을 건 술래잡기가 될 것이다. 아빠생각이 났다. 뭐에 홀렸는지는 몰라도 노란머리는 그때 몸을 일으켜 세웠다. 이곳에선 챙겨갈 것도 없다. 맨몸으로 컨테이너를 나왔다. 새벽이라 사람은 없었다.

도망쳐야 한다. 지금 못 도망치면 평생을 여기서 죽도록 일하고, 돈은 벌지도 못하고, 장기는 다 털릴 것이고, 그리고 죽을 것이다. 노란머리는 뒤도 안돌아보고 산비탈을 내려갔다. 미끄러지고 넘어지고 하는데 정말 뒤도 돌아볼 겨를 없이 산을 내려왔다.

밤에는 산 타는 거 아니라고 했는데…. 진짜 무섭긴 무서웠다. 하나도 안 보이고 발을 내딛을 데도 모르는데 일단 내달렸다. 산의 입구가 보이고 출입금지 간판이 보였다. 노란머리는 안심이 되었는지 까진 상처들이 그제야 쓰라리기 시작했다. 살아나왔다는 안도감에 다리가 풀렸다.

엄마가 보고 싶었다. 마지막으로 본 엄마의 모습밖에 떠오르지 않아서 또 무서웠다. 울기 싫었는데 울었다. 공포인지 그리움인지 모르지만 눈물은 마음과 달리 멈추지도 않았다. 뒤늦게 누가 쫓아오는 듯해 다시 다리에 힘을 주고 도망쳤다.

사람냄새 나는 골목이 보이기 시작했다. 세븐일레븐, 24시 기사식당이 보였다. 돈은 없는데 배는 너무 고팠다. 산을 쉬지 않고 달려 내려왔으니 그럴 만했다. 진짜 평생의 쪽팔림을 다 쓴다고 생각하고 노란머리는 편의점의 예쁜 누나에게 빌었다. 무릎까지 꿇어가며 한 번만 봐달라고 했다.

경찰에 신고할 생각은 못하고 주린 배부터 채웠다. 그 예쁜 누나는 마음도 예뻤다. 노란머리를 일으켜 세우더니 편의점 김밥에 라면까지. 컵라면에 직접 뜨거운 물도 받아주었다. 새벽 3시에 그러고 있는 노란머리가 많이 불쌍해 보인 모양이었다. 파라솔에서 혼자 앉아 라면을 먹는데 서러웠다.

아빠도 없었고 엄마도 죽었다. 노란머리는 진짜 고아다. 그렇게 알바 누나가 해준 라면을 먹는데 이게 입으로 들어가는지 코로 들어가는지 모르고 먹었다. 김밥을 다 먹고도 배가 안차서 라면국물을 마시는데 플라스틱 용기 너머로 익숙한 얼굴이 보였다.

제일 싫어하던 교육자. 사상교육을 하는 꼰대새끼들 중 하나다. 툭하면 애들을 패던…. 노란머리는 그 얼굴 보자마자 좆됐다 싶어서 국물을 쏟았다. 그와 눈이 마주쳤다. 이제 진짜 죽을 일밖에 안 남았구나. 노란머리는 도망갈 생각도 못하고 병신같이 잡혔다. 얼마나 힘들게 내려온 산인데, 노예마냥 밧줄에 꽁꽁 묶인 채로 도로 올랐다.

나중에 다시 눈을 떴을 때 노란머리는 꽁꽁 묶여있었고 사방엔 부적이 가득했다. 몸이 쑤셨다. 그곳엔 노란머리를 포함해 세 명이 더 있었는데, 얻어맞았다. 그들은 때리는 게 아니라 그들을 각목으로 팼다. 억, 소리가 절로 나왔다. 하지 말라고 하는데도 각목은 내 몸을 두드렸다. 하긴 들을 리가 있나. 난타다. 정신을 잃으면 뺨을 때렸다. 찰싹! 소리가 방에 울렸다.

입가에 피가 맺혔다. 눈이 부어서 잘 떠지지도 않았다. 분명 밧줄은 풀린 지 오랜데 몸이 마음대로 움직여지지 않는다. 아니, 중학생을 누가 이렇게 패냐 싶겠지만 그렇게 패는 데가 있었다. 머리에 피가 맺혔는데 어디를 맞아서 그런지도 몰랐고 입가는 이미 다 터져 피로 붉었다.

태어나서 그렇게 맞아본 건 처음이라고 했다. 엄마가 봤다면 여우대가리 신을 믿은 걸 후회했을까. 노란머리는 정신이 아득했다. 눈도 안 보였다. 피가 들어가 흐릿하고 붉은 실루엣들만 겨우 볼 수 있었다. 저런 것들은 이 정도는 패줘야 다시는 나갈 시도를 안 한다나. 그들의 말에 노란머리는 무서워서 발도 못 뗐다.

노란머리는 빌었다. 여우대가리 그 신한테, 교주한테 봐달라고. 도망치려던 게 아니라고 이 신성한 곳을 여기에 두고 내가 어딜 가서 몸을 담그냐고.

아부란 아부는 다 떨어서 이뤄낸 신뢰였다. 사람이 죽을 고비에 놓이면 마음에도 없는 말들이 저절로 나온다. 교주는 노란머리를 예뻐하기 시작했다. 가끔 시내에 데리고 가서 호떡도 사주고 우동에 술도 사줬다. 그토록 그리던 사회인데 다리가 도망갈 생각을 못했다. 또 웃긴 건 그렇게 예뻐하고 동생이라 부르며 좋아하던 교주는 조금만 개기면 부적방에 노란머리를 처넣고 또 팼다.

노란머리 최승혁. 분당의 잘 사는 집 아들이 지금은 왜 피가 흐르도록 처맞는지를 나는 그제야 깨달았다. 죽도록 맞으면서도 이곳을 빠져나가고 싶은 것이다.

나는 솔직히 잘 모르겠다. 그만한 가치가 있는 것인지. 살면서 몸에 멍들 일이 몇이나 된다고 얼굴에 피멍 들고 혈관이 터지면서까지 이곳을 나가려고 하는 걸까. 나는 그냥 적응해나갔다. 그렇다고 여기서 이대로 죽지도 않을 것이다. 언젠간 이곳을 나갈 수도 있을 것이다. 하지만 당장은 위험을 감수할 필요가 없다. 내 가족은 모두 이곳에 있다. 만날 순 없어도 아빠도 엄마도 형도 모두 다 이곳에 있다.

언제 밝았는지 환한 세상이 다시 열렸다. 승혁이 형은 보이지 않았다. 엄마의 죽음을 눈앞에서 보고도 무섭지도 않았나. 아니, 무서워서 그랬나. 모르겠다.

그리고 그날은 특별한 교육이 있었다. 얼마나 중요한 거였으면 조도 반으로 나눴다. 고등학생은 받지 않아도 되는 교육이라나. 나도 곧 있으면 고등학교에 가는데 형이랑 조가 갈렸다. 그 무렵, 애들 사이에선 '장기털이'라는 말이 돌고 돌았다. 누구는 소문이라 했고, 누구는 진짜라고 했으며 뭐가 진짠지 아는 사람은 최승혁밖에 없었다. 그는 이곳에서 다시 도망칠 생각을 하는 모양이었다.

그날의 교육은 흰머리 교주와 진행되었다. 맨날 똑같은 사상내용과는 다른 내용이었다. 연말만 되면 우리는 여우신에게 제물을 바쳤다. 이번엔 16년밖에 안 된 어린 인간을 신께서 원하신다나. 흰머리 교주의 불쾌한 시선이 날 좇는다. 매년 제물의 나이는 바뀌었다. 이번엔 열일곱 살이 안 된 어린아이들을 대상으로 제물을 바쳐야 해서 조도 나뉜 것이다.

긴 연설 끝에 제물이 되어 평생 행복할 사람을 구했다. 근데 누가 자진해서 장기를 털리고 싶을 것인가. 아무도 손을 들지 않았고, 교주의 시선을 피했다. 교주는 죽는 게 아니라는 설명을 덧붙였다. 의식만 간단하게 치르면 사회로 나가서도 행복할 것이라고 뱀 같은 혀로 속삭였다.

교주는 내내 나만 쳐다보다가 사상교육을 끝냈다. 나만 그곳에 남았다.

교주는 내가 자진해서 지원을 하지 않으면, 원하는 답을 받아낼 때까지 팬다는 소리를 지껄였다. 이젠 대놓고 협박이다. 탈출은 연말이라 아직 멀었다. 최승혁이 했던 말이 떠올랐다. 시도를 해보고 안 되면 그때 가서 맞는 것도 나쁘지 않다고.

나는 노란머리 최승혁을 찾았다. 형은 오늘도 담배를 입에 물고 있다.

"형? 저 이번년도 제물이래요."

승혁이 형은 놀라서 멍한 눈길로 날 쳐다봤다. 값비싼 담배가 줄어드는 줄도 모르고 말이다.

"나갈래요?"

지체할 시간은 없었다. 엄마 아빠를 찾기도 어려웠고 우리는 우리끼리 결정을 내렸다. 나랑 최승혁만 나가기로. 최승혁은 맞아죽는 게 뭔지 알면서도 다시금 나갈 채비를 했다. 다시 목숨을 건 탈출이 시작됐다.

우리가 약속한 시간은 목요일 새벽 2시였다. 손목시계를 하나 건네받았다. 시간개념도 모르고 사는 우리들 사이에서 최승혁은 손목시계를 몰래 가지고 있었던 것이다. 겉으론 멀쩡해 보여도 녹슨 냄새가 풍겼다. 최승혁은 목요일 12시부터 2시까지 교주와 상담이 있다고 했다. 상담이라기엔 술 마시며 비위 맞추는 게 전부였던지라 누가 누굴 상담하는지는 모르겠지만 의심을 덜기에는 좋을 것이다.

최승혁이 교주의 방에 들어가고부터 내 심장이 미친 듯이 떨렸다. 시간이 흐르고 흘러 2시는 다가왔다. 손목시계가 2시 정각을 가리켰고 최승혁과 눈이 마주치자마자 나는 곧장 내달렸다. 산을 내려가는데 길은 보이지 않고, 우리는 수차례 굴렀다. 차라리 맞는 게 나았으려나 싶게 몸이 아팠다.

돌부리는 왜 또 이렇게 많은지, 여우신이 나 죽으라고 내 발이 닿는 곳마다 뿌려놓은 듯했다. 더 큰 문제는 뒤에서 교주와 그 일행들이 쫓아오고 있다는 것이다. 세상에 알려지면 안 되는 은밀한 범죄 집단. 비까지 내리기 시작하면서 간격은 더욱 좁혀졌다. 이러다 잡힐지도 모를 일이다. 미친 듯이 산을 내려오던 최승혁이 갑자기 우뚝 섰다. 나더러는 계속 내려가라고 손짓을 했다.

"난 몽둥이랑도 친해서 아무렇지 않지만 넌 잡히면 그냥 제물이야. 어서

가."

　승혁이 형은 별로 살고 싶지 않았나보다. 날 살리려고 자진해서 매를 맞겠다는 걸 보면 말이다. 노란머리는 나를 보며 마지막으로 물었다.

　"여기 나가서 어떻게 살 거야?"

　나는 노란머리와 멀어지며 소리쳤다.

　"행복하게!"

노인학교의 실체를 고발합니다

（김민지）

한나리가 눈을 떴을 때, 사람들은 그곳에 있었다. 그 중의 하나가 눈을 동그랗게 뜨고 말했다.

"교복을 입은 걸 보니 학생 같은데, 학생 맞아요? 빨리 병원에 가보는 게 좋겠어요."

어리둥절한 한나리는 누군가 내민 거울을 받아들었다.

"으악! 내 얼굴 왜 이래?"

한나리는 너무 놀라 울음부터 나왔다. 황급히 집으로 돌아와서는 부모님께 도움을 요청했다.

"내 얼굴이 대체 왜 이렇게 된 거야? 평생 이런 얼굴로 살아가야 하는 거야?"

"기다려봐. 어떻게든 다시 돌려놓을 테니까."

이튿날 아침, 나리는 부모님과 함께 병원을 찾았다. 엄마는 의사에게 물었다.

"이유를 모르겠어요. 하교하는 길에 갑자기 쓰러진 이후로 이렇게 됐어요."

"저 평생 이렇게 살아야 되는 거예요, 의사 선생님? 어쩌면 이 노화로 인해 더 빨리 죽거나 아플 수도 있나요? 제가 하고 싶은 것도 다 못하고 죽으면 어떡해요? 아직 하고 싶은 거 많은데…….."

"천천히 말해보렴. 걱정되고 두려운 건 알지만, 우리도 이런 상황은 처음 접해보는 거라 많이 당황스럽단다. 일단 검사부터 해봅시다."

피검사부터 CT 촬영까지 모든 검사를 해봐도 나오는 결과는 아무 이상이 없음이다. 엄마가 말했다.

"만약, 지금처럼 다른 결과들도 아무 문제없다고 뜨면 어떻게 해야 하는 건가요?"

"계속 아무 문제는 없는데 점점 노화되기 시작한다면 다른 방안을 찾아보아야겠죠, 뭐."

"다른 방안이요? 다른 방안이 있을까요? 일상생활도 불가능하게 된다면 학교도 자퇴해야 되는 거겠죠?"

다른 방안? 자퇴? 나 어떻게 되는 거야? 이제 애들이랑 놀지도 못하고 침대에 꼼짝없이 앉아서 글만 써야 되나? 나리는 부모와 함께 청천벽력 같은 소리를 듣고 집으로 돌아왔다.

나리는 학교에 체험학습을 한 달간 제출하고 다른 방안이 뭐가 있을지 생각해 보기 시작했다. 그날 밤, 나리의 부모는 다른 방안이 있을지 진지하게 논의하기 시작했다.

"흠, 이걸 어찌해야 할까? 이 상황을…….." 엄마가 말했다.

"특별한 방안이 없을까?" 아빠가 말했다.

두 사람 얼굴에 어두운 그림자가 드리워졌다. 그때, 한 할아버지께서 한

나리의 부모 앞에 다가왔다.

"갑자기 늙어가는 아이 때문에 걱정이 크시죠?"

"그걸, 어떻게?" 아빠는 생각을 들킨 것처럼 놀랐다.

"제가 해결방법을 알려드릴까요? 이걸 보시고, 생각이 있으시면 아래에 적힌 연락처로 연락 주시면 됩니다."

"이게 뭐죠?" 엄마가 말했다.

"이건 현재 따님처럼 급격히 노화가 시작된 아이들을 위한 학교이자, 할머니, 할아버지들이 여러 가지를 배우는 학교입니다. 아이들도 일반 할머니, 할아버지와 별반 다를 것 없이 외모는 똑같기 때문에 적응하는 데는 일반 학교보다 나을 것입니다."

"밥도 잘 챙겨주고 집에서 통학하는 거지요?" 엄마가 물었다.

"혹시 학교에서 무엇을 배우는지 물어봐도 될까요?" 이번엔 아빠가 물었다.

"일단 저희 학교에서는 일반학교와 배우는 과목 수와 활동들은 비슷합니다. 이 학교에 입학한 할머니 할아버지 모두가 과거엔 돈이 없어서 다니지 못했던 학교와 배울 수 없었던 것을 배우는 곳이니까요. 아, 특이점이 있다면 각자 해보고 싶었던 취미를 배울 수 있습니다." 할아버지께서 말씀하셨다.

"그나저나, 누구신가요? 누구신데 이렇게 이 학교에 대해 잘 알고 계시고 추천을 해주시나요?"

"아, 제 소개가 늦었군요. 저는 3년 전에 이 학교를 졸업한 졸업생이자, 현재 이 학교 입학사정관 겸 홍보부장입니다."

"아, 그러시군요. 그럼 혹시 이 학교에는 이 병을 낫게 해줄 치료제는 없나요?"

"있습니다!! 당연히 있고말고요. 사실 그것 때문에 학교 홍보를 다시 시작하게 되었습니다. 5년 전 노인학교로 운영되고 있던 학교에 한 학생과 부모님이 입학 시켜달라고 부탁하기 위해 학교를 찾아왔어요. 그 학생도 나리와 같은 이유로 이미 노화가 진행되기 시작해, 더 이상 일반 학생들과 수업을 듣지 못해 노인학교를 찾아온 것이었어요. 아이의 부모님이 신약개발원이어서 학교에 남는 교실이 있으면 거기서 연구를 해도 되겠냐는 부탁도 받았어요."

"그럼, 그 아이는 나았나요?" 아빠는 다급히 물었다.

"아니요. 그 학생은 계속된 연구와 치료에도 불구하고 우리와 함께 수업을 들은 지 두 달도 채 안 되서 세상을 떠났습니다. 그 학생은 이미 병이 2년 이상 진행된 상태에서 저희 학교를 찾아왔고, 치료시기를 놓쳐 세상을 떠난 거지요. 나리 학생은 저희 학교에서 나이에 맞게 제작하고 있는 치료제를 사용한다면 병이 나을 수도 있을 겁니다."

학교는 그 학생을 추모하기 위해 약 5년간 휴교에 들어갔다.

"과거 5년간의 기약 없는 휴교가 시작된 후, 여느 때와 다름없이 학교를 지키고 있던 저와 나머지 노인 학생들은 어느 날 새벽에 인기척으로 일어나게 되었고, 우리가 아닌 누군가 학교에 침입한 사실을 알게 되었어요. 저와 노인 학생들은 프라이팬, 손전등, 집게 등 각종 위협이 될 만한 것들을 가지고 실험실 문을 열게 되었고 그 안에서 연구원들을 발견하게 되었습니다." 할아버지가 말했다.

"으악, 누구세요?" 투명한 안경을 쓴 연구원이 말했다.

"그쪽은 누구신대요?" 할아버지가 말했다.

"저희는 연구원입니다." 노랑머리 연구원이 말했다.

"그러니까, 여긴 어쩐 일로?" 할머니가 말했다.

"여기에서 작년에 노화되는 희귀병에 대한 치료제를 개발했다는 소리를 듣고 방문했습니다." 투명한 안경을 쓴 연구원이 말했다.

"과거에 사용한 그 치료제 지금 어디에 있나요?" 갈색머리 연구원이 말했다.

"그건 지금 없어요. 그리고 있다고 하더라도 드릴 수 없습니다." 할아버지가 말했다.

"주세요. 저희는 지금 그게 필요해요." 투명 안경을 쓴 연구원이 말했다.

"아니요. 지금 없어요." 빨강머리 할머니가 말했다.

"그 병에 대해서 알고 계신가요?" 할아버지가 말했다.

"어느 정도……." 투명한 안경을 쓴 연구원이 말했다.

"그럼 일단, 그 병에 대해서 알려드릴게요. 치료와 연구를 위해서도 아셔야 할 것 같아요." 할아버지가 말했다.

"네." 노랑머리 연구원이 말했다.

"네." 투명한 안경 쓴 연구원이 말했다.

"네." 뽀글머리 연구원이 말했다.

"그 치료제는 17살 학생에게 쓸 수 있는 분량밖에 남지 않았어요. 그리고 그 약도 이미 5년 전에 마지막으로 사용한 것이라서 이미 사용할 수 없어요." 할아버지가 말했다.

"그 병은 아이의 성장 속도에 맞춰 사용하는 약도 발전해야 하는 것인데, 아이의 성장 속도와 약의 발전 속도가 맞지 않았고, 결국 5년 전, 그 학생은 세상을 떠나게 되었어요." 할아버지가 말했다.

"아하……." 노랑머리 연구원이 말했다.

"그래서 현재 남아있는 치료제는 그 학생을 위해 사용하였던 마지막 약 밖에 남지 않았습니다." 할아버지가 말했다.

"그럼 저희가 여기서 연구해도 될까요?" 투명한 안경을 쓴 연구원이 말했다.

"그러세요." 할머니가 말했다.

"학교 문은 항상 열려 있나요?" 노랑머리 연구원이 말했다.

"저희가 학교 내에 있을 때는 항상 열려 있어요." 할아버지가 말했다.

"그럼 혹시 지금 학교에서 학생들을 가르칠 수 있는 상황인가요?" 투명한 안경을 쓴 연구원이 말했다.

"어……. 잠시 이야기를 하고 답 드려도 될까요?" 할아버지가 말했다.

"네." 노랑머리 연구원이 말했다.

그때, 노인분들이 회의를 하느라 수군수군 거리는 소리가 났다.

"혹시, 학생이 모였나요?" 할아버지가 말했다.

"지금 약 10명 정도는 모인 것 같아요" 투명한 안경을 쓴 연구원이 말했다.

"그럼 약 한 달간 이 병을 가진 학생들을 더 찾아보고 홍보하는 걸로 하죠." 할머니가 말했다.

"학생들 말고 원래 이 학교에 재학 중이던 노인들도 다시 모셔옵시다." 할아버지가 말했다.

"그럼 각자 홍보를 하고 한 달 뒤에 다시 여기서 모이는 걸로 합시다." 연구원들이 말했다.

할아버지는 과거, 단언학교에서 있었던 일을 나리와 그 부모에게 들려줬다.

"이러한 상황들로 인해 더 이상의 학교 홍보를 멈추고 현재 입학한 학생들과 다른 희귀병을 가진 학생들을 치료하고 가르치자 라는 말이 나왔고, 약 5년간 사람들의 발길이 멈추었습니다. 주변에서 이 희귀병을 가진 아이들이 많이 발생하고 있다는 소식을 듣고 다시금 학교를 가동시키기 위해 나온 것입니다." 할아버지께서 말씀하셨다.

"그런 일이 있었군요. 아, 뉴스에서 본 적 있는 것 같아요" 부모님이 말했다.

"그래서, 입학하실 건가요?" 할아버지께서 말씀하셨다.

"저희 아이 입학하는 걸로 할게요. 혹시 이 종이 가져가도 될까요?"

"가져가셔도 됩니다. 다음 주 월요일에 학교 앞에서 뵙도록 하죠."

다음날, 아침 눈을 뜨자마자 나리와 가족들은 할아버지와 약속했던 단언학교의 교문 앞으로 향했다.

"아침부터 어딜가?" 나리가 말했다.

"너 살려주러 가지." 아빠가 말했다.

"응? 대체 어디를 가는데? 이 병 낫게 할 수 있는 병원을 찾은 거야?" 나리가 말했다.

"병원은 아니고 학교야." 아빠가 말했다.

"학교? 무슨 학교? 지금 다니고 있는 곳 말고?"

"거기서는 제대로 학교를 다닐 수 없잖아. 아이들의 시선도 신경 쓰일 거고 널 위한 선택이었어."

"거기서 뭘 배우고, 무엇을 하는데?"

"그건 도착하면 거기 계신 할아버지께서 말씀해 주실 거다."

나리는 약속 장소인 단언학교 앞 교문에 도착한 뒤, 할아버지를 만났다.

"네가 나리구나? 잘 왔어요. 그럼 이제 단언학교에 대해 소개 해드릴게요. 우리 단언학교는 지금으로부터 약 30년 전에 지어진 오랜 전통을 가진 학교입니다. 30년 전에는 지금과 같은 노인학교가 아닌 단언고등학교라는 이름을 가진 일반 고등학교였습니다. 그러나 단언고등학교는 학생의 수가 점점 줄어들어 폐교 위기에 놓였고 결국 폐교 처리가 되었습니다. 그 시기에 공부하고 싶다는 노인들이 늘어나게 되었고 노인을 위해 일반 고등학교가 아닌 노인학교로 다시 개교하게 되었습니다." 할아버지가 말했다.

"그럼, 제 또래 애들은 없는 건가요?" 한나리가 말했다.

"아까 부모님께 말씀 드린 것과 같이 너와 같은 병을 가진 학생들도 입학하게 되었단다."

"입학식은 언제인가요?" 아빠가 말했다.

"10월 29일에 입학하러 학교에 오시면 됩니다."

"학교 시간표는 어떻게 되나요?"

"지금은 일단 간단히 설명해드리고 자세한 건 학교에서 말씀드리겠습니다. 점심 먹고 약과 치료제를 맞으셔야 합니다. 1교시부터 4교시까지는 다른 학교와 마찬가지로 국어, 수학, 영어, 과학으로 이루어져 있고 우리 학교에 특별한 점은 철학이라는 과목과 치료제 연구법을 배웁니다. 철학은 노인분들이 배우길 원하는 과목이고, 치료제 연구법은 언제까지 연구원들이 따라 다니면서 천만 원씩 돈을 쓸 수 없기 때문에 각자가 치료하는 방법을 알아야 하기 때문입니다. 어떻게 궁금증이 해결되셨을까요?"

"네."

"그럼, 학교를 둘러보러 가시죠. 1층에는 검사실과 교무실이 있습니다. 등교를 하자마자 학생들의 건강상태를 바로 확인 가능하도록 1층에 설치되어있어요."

"교무실도 있나요?"

"그럼요."

"학생들을 가르치기 위한 교직원분들은 충분히 계십니다. 걱정하지 않으셔도 됩니다. 이제, 2층으로 올라가 볼까요? 이곳엔 희귀병 학생들을 위한 앞반 교실, 그리고 뒷반은 기존에 다니고 있던 일반 노인 학생들을 위한 교실로 나누기로 결정했는데 서로의 존재가 익숙해진다면 합반을 하게 될 수도 있다는 점을 양해해주시면 좋겠습니다. 3층은 입원실과 양호실 각종 휴식 공간이 제공되어있어요. 아무래도 나이가 좀 있는 학생들이 많다보니 쉽게 피곤해지기도 하고, 금방 아프기도 한 것이 사실이죠. 수업을 듣다가도 몸이 안 좋을 땐 언제든지 와서 주무시거나 쉬셔도 좋은 공간입니다. 4층은 가장 중요한 실험실과 연구실이 있어요. 지금은 비어있는 공간이지만 학생들이 다시 등교하기 시작하면 그때 그 연구원분들과 학부모님들께서 도와주시기로 하신 상태입니다." 할아버지가 말했다.

"감사합니다. 충분히 믿음이 가요." 아빠가 말했다.

"저도 마음에 들어요." 나리가 말했다

"그럼 10월에 뵙겠습니다."

덥고 습한 장마가 지나갔다. 한여름인가 싶은데, 어느덧, 선선한 가을이 다가왔다. 그리고 단언고의 입학식 날이 다가왔다.

"나리야, 준비 다 했니?" 아빠가 말했다.

"네." 나리가 말했다.

"안 떨려? 어때? 기분이?"

"조금 떨리기도 하고 설레기도 하고 저와 같은 병을 가진 친구들도 있다고 하니까, 그 친구들과 잘 지내보고 싶어요. 아, 할머니, 할아버지께서도 계신다고 하셨으니까, 그분들과도요."

"그래, 그래. 나리가 많이 설레나보구나. 새로운 친구들과 잘 지내고 와. 수업도 너희는 비슷하게 진행한다니 잘 듣고!"

"네. 다녀올게요."

나리는 첫 등교의 설렘을 안고 교문 앞에 섰다. 홍보 할아버지는 그곳에 있었다.

"안녕하세요!" 나리는 인사를 했다.

"안녕! 나리야 반가워. 어디로 가야 하는지 알려줄게." 할아버지가 말했다.

나리는 할아버지와 함께 교실로 향했다.

"우선은 여기 이 교실에 있어. 이따가 입학식 때 보자."

"네."

와, 이렇게 생겼구나. 일반 고등학교랑 별 차이 없는데? 나리가 그런 생각을 하고 있을 때, 다른 학생 두 명이 교실로 들어왔다.

"안녕?" 나리가 말했다.

"어? 안녕" 웨이브머리 학생이 말했다.

"안녕!" 뽀글머리 남학생이 말했다.

"넌 이름이 뭐야? 내 이름은 한나리고 희귀병을 앓고 있어."

"난 박태래고, 나도 희귀병을 앓고 있어." 뽀글머리 남학생이 말했다.

"안녕! 난 이리은. 나도 너네와 같은 병을 가지고 있어." 웨이브머리 학생이 말했다.

"우리 앞으로 친하게 지내자." 태래가 말했다.

"좋아." 나리와 리은이 동시에 말했다

그 뒤로 나리, 리은, 태래와 같은 병을 가진 17명의 아이들이 교실로 들어왔다. 약속한 9시가 되자 할아버지와 할머니와 함께 한 남자가 같이 들어왔다.

"우리 모두 강당으로 이동하도록 할게요." 남자가 말했다.

"강당으로 이동해서 간단히 입학식을 진행하고, 각자 건강검사를 실시할 겁니다." 할아버지가 말했다.

"그럼, 저희를 따라오세요." 남자가 말했다.

남자를 따라가니 강당 앞에서 시끌벅적한 소리가 들려왔다. 어수선하고 뭔가 께름칙한 분위기 속에서 입학식은 마무리가 되었고 다들 각자의 교실로 돌아갔다.

담임은 각 교실마다 있었다. 단언고에서의 생활을 간단히 설명해주셨다. 리은, 태래, 나리는 같은 반이 되었고 강당으로 안내해준 남자가 담임 선생님이 되었다.

"1~4교시까지는 국어, 영어, 수학, 과학을 매일 듣고 나머지 5, 6교시는 철학 그리고 신약 개발을 배우게 됩니다. 입학 전에 들은 내용이 있죠?" 담임이 말했다.

"네."

"그럼, 오늘부터 학교생활을 시작하도록 할게요."

모든 게 처음이라 어색한 상황 속에서 나리는 궁금한 게 있었다.

"얘들아, 너네도 처음 입학할 때 학교 상황에 대해 들었어? 여긴 우리와 같은 희귀병을 가진 학생들만 모인 게 아니라 다른 할머니, 할아버지들도 수업을 듣는다는 얘기 말이야." 나리가 친구들 앞에서 말했다.

"소문에 의하면, 사실 다른 할머니, 할아버지도 우리랑 같은 희귀병을 앓는 사람들이라던데." 리은이가 말했다.

"근데, 왜 평범한 노인들이라고 했을까?" 나리가 말했다.

"우리가 모르는 비밀이 있는 게 아닐까?" 세 명의 친구들은 모두 같은 생각을 했다.

"학교에 비밀에 대해, 우리가 알아보는 건 어때?"

"좋아."

"그럼 오늘 우리 담임 선생님부터 찾아가서 여쭤보자."

나리의 말에 리은과 태래는 교무실로 가 문을 두드렸다. 들어오라는 말과 함께 그들은 교무실 안으로 들어갔다.

"안녕하세요." 나리와 그 친구들은 동시에 인사했다.

"어? 너희는 우리 반 학생들이잖아."

"맞아요. 사실 저희 뭐 좀 여쭤보고 싶은 게 있어서요."

"어떤 거?" 담임이 말했다.

"이 학교에 대한 비밀이요. 소문에 의하면 다른 노인분들도 우리와 같은 병에 걸린 저희 또래라고 하더라구요." 리은이가 말했다.

선생님의 표정이 어두워졌다.

"너네, 대체 그런 말은 어디서 들은 거야? 그런 거 아니니까, 그만 교실로 돌아가렴." 담임이 말했다.

"역시, 우리가 모르는 무슨 비밀이 있는 게 분명해." 나리가 눈동자를 반짝거리며 말했다.

"이 세상에 누구한테도 알려지지 않은 비밀을 우리가 파헤쳐보는 거야."
태래가 말했다.

"그럼, 우리 오늘부터의 계획을 세워볼까?"

"아까 보니까 운동장 뒤편에 별채 같은 게 있던데? 우리 거기서 학교 끝나고 만나자."

세 친구는 무언의 얼굴로 약속하듯 고개를 끄덕였다.

수업이 끝나고 나리와 리은, 태래는 운동장 뒤편에 아무도 사용하지 않은 별채로 들어갔다. 그리고 그 별채 안에는 그들과 이 세상이 몰랐던 비밀에 대한 것들의 단서들이 가득했다.

"얘들아, 여기 좀 봐봐. 여기 엄청 옛날 신문이 있어. 이거 1900년대 신문 같은데? 대체 얼마나 오래된 거지?"

태래의 말에 나리와 리은이 다가왔다.

"우리가 찾은 게, 오래된 이 신문과 각종 약병들, 사진, 그리고 이 종이지?" 나리가 말했다.

"근데 사진이랑 신문은 보이는데, 이 약병이랑 종이는 뭘까?" 리은이가 말했다.

"어? 근데 이 종이 구겨져 있어 뭔가 쓴 것 같은데?" 태래가 말했다.

"줘봐. 나랑 리은이가 이 종이에 대한 비밀을 찾을 테니까, 태래 너는 사진과 신문에 대해 알아봐줘. 근데 이거 비밀편지 같은데."

나리는 이리저리 종이를 관찰하더니 뭔가 알아낸 듯한 얼굴을 했다.

"레몬즙을 이용해서 글씨 쓴 거!" 태래가 말했다.

"그게 뭔데?" 리은이 되물었다.

"레몬즙을 이용해서 면봉으로 글씨 쓴 다음에 전구나 불에 비추면 글자가 보이거든!"

"아, 그거!" 그제야 알았다는 듯 리은이 말했다.

"방금 불빛에 살짝 비췄는데, 뭔가 보였어. 핸드폰 불빛에 비춰볼까?" 태래가 말했다.

"아니, 그걸로는 완벽히 알 수 없어. 불을 피워야해." 나리가 말했다.

"그럼 내가 밖에서 불 피울 테니까, 나리랑 리은인 신문기사랑 사진 좀 살펴볼래?"

"그래."

서류더미를 들춰보던 나리는 고개를 갸우뚱거렸다.

"이거, 좀 심각한데?"

"왜? 뭔데?"

나리의 말에 태래가 다가와 물었다. 나리는 말 대신 보고 있던 종이를 내밀었다.

<단언고등학교는 처음부터 정부의 계획 아래 설립된 학교이다. 위 학교는 정부의 계획에 복종할 것을 약속했다. 정부의 계획은 무엇인가? 빠른 노화가 이루어지는 희귀병을 가진 아이들을 모아 그들의 유전자를 채취해 치료제 개발에 앞장선다. 위 과정에서 사망자가 발생할시 정부는 책임을 지지 않을 것이다. 대신 단언고에 이에 따른 연구비용을 전액 지불한다. 단언고는 이에 동의하는가?

단언고: 예.>

리은과 태래는 내용을 보고는 놀라서 입을 다물지 못했다.

"이 사실을 얼른 언론에 알려야해. 어쩌면 이 노인분들이 다 피해자고 우리도 2차 피해자가 될지도 몰라." 나리가 말했다.

"근데, 조심해야해. 우리가 학교에 의문을 품고 있다는 것을 담임도 알잖아. 담임 몰래 부모님들께 알리는 게 좋지 않을까?" 리은이가 말했다.

"그 사람도 한패인가? 나리 네가 입학상담 때 만났다는 그 할아버지?" 태래가 말했다.

"그거야 모르지."

말은 그렇게 했지만 나리는 그럴 수도 있다는 생각이 들었다.

"일단 우리가 가지고 있는 자료들을 기숙사로 가져가서 조합해 보자." 리은이가 말했다.

"여기 이거, 약병도 같이 챙기자. 우리가 어제 오늘 배웠던 약들과 관련이 있을 수도 있잖아." 나리가 말했다.

나리와 그 친구들은 별채에서 찾은 수상한 자료들을 갖고 나오다가 담임과 딱 마주쳤다.

"함부로 여기저기 다니면서 사고치고 다니면 안 된다." 담임이 무서운 얼굴로 말했다.

"아, 아니에요." 나리가 떨리는 목소리로 말했다.

"혹시, 아까 그 일 때문에 그러니? 그땐 다른 선생님들도 같이 있어서 내가 너무 예민하게 반응한 것 같아. 미안하구나. 그런데 그 소문은 어디서 들은 거야? 니들 생각에 진짜 같아?"

"저희는 아무것도 몰라요." 리은이 얼버무리듯 말했다.

"내가 진실을 말해줄게. 여긴 너무 뚫려 있으니까, 저쪽으로 가서 이야기하는 게 좋겠다."

"저기 별채에서 우리가 그 소문에 대한 증거들을 이미 발견했어요." 나리가 말했다.

"야! 그걸 말하면 어떡해?" 리은이 소리쳤다.

"별채? 별채엔 왜?" 담임이 물었다.

"저희를 믿어주신다면 보여드릴게요." 나리가 말했다.

"나야, 너희를 믿지. 사실 나도 올해 처음 이 학교에 와서 모르는 게 한두 가지가 아니었거든. 선생님들은 학교에 대해 쉬쉬하는 분위기지, 예전의 학교에 대해 물어보면 다들 예민하게 굴더라고. 나도 이 학교가 의문스럽긴 한데, 해고 당할까봐 나도 그들과 똑같은 사람이 되어가고 있었던 거지. 나에게도 너희가 알아낸 그 비밀을 알려줄래?"

"이건 저희가 발견한 자료들이에요." 나리가 갖고 있던 서류들을 내밀며 말했다.

나리와 친구들이 가져온 자료들을 살핀 담임도 놀라기는 마찬가지였다. 그걸 처음 발견했던 때의 아이들처럼 분노하기도 했다.

"저희는 이 자료들을 먼저 부모님께 보이고, 언론에도 전달할 생각이에요. 현재 노인분들과 같은 2차 피해자를 만들지 않기 위해서요." 나리가 말했다.

"그럼, 내 방을 빌려줄게. 거기서 자료를 좀 더 살펴보고, 내일 아침에 기자들에게 전달하자. 다른 선생님들이 너희를 주시하고 있으니 조심해야 돼. 그들도 이 일에 다 연관이 되어있을 수도 있잖아. 내 방은 나를 제외하곤 아무도 출입하지 않으니 거기로 가자. 나도 도와줄게."

담임의 배려에 나리와 친구들은 단언고에서 벌어지고 있는 일을 세상에 알리기 위해 그날 밤을 꼬박 새워서 자료들을 완성했다.

"끝!" 나리가 말했다.

"여기도 끝!" 리은과 태래는 만세를 부르듯 양손을 들고 말했다.

"자, 이건 내가 푼 비밀이란다. 어제 이 약들이 뭔지 모르겠다고 했지? 이건 마취제야. 아주 독한." 담임이 말했다.

"치료제도 아니고 마취제요?" 나리가 놀란 눈으로 물었다.

"응. 아마 희귀병 유전자를 빼내기 위해 사용한 것 같아. 그리고 여기 담겨 있던 하얀색 액체는 5년 전에 사망한 아이의 유전자와 일치하다는 결과를 얻었지. 혹시나 해서 내가 의뢰를 했는데, 이런 결과가 나와서 나도 슬프다."

"완벽한 결과가 나왔으니까, 더 이상 학교도 정부도 거짓말하지 못 할 거예요. 억울하게 죽게 된 분도, 지금 이 학교에 갇혀있는 노인 학생분들도, 그리고 우리도 2차 피해자가 되지 않기 위해 이걸 어서 세상에 알려요." 태래가 말했다.

나리와 친구들은 끝내 방송국 4곳에 연락을 취했다. 얼마 지나지 않아 그 내용들이 기사화되어 인터넷에 떴다. 다른 언론사에서도 확인전화가 걸려오기 시작했다. 그리고 그들의 부모에게서도. 원래는 부모님한테 먼저 보일 생각이었으나 일이 다르게 진행됐다. 어쨌든 그들은 자신의 병과 학교의 은밀한 연구를 언론에 알림으로써 할 일을 다 한 듯했다.

"우리 병은 이제 어떻게 되는 거지?" 리은이 말했다.

그때 담임의 휴대전화로 전화가 걸려왔다. 사건의 실체를 밝혀준 학생들의 노화를 치료해 주고 싶다며, 소망병원으로 언제든 연락을 달라는 내용이었다. 나리와 리은, 태래는 기꺼이 병원치료를 받기로 했다.

"와, 우리가 해냈어!"

어제까지의 너, 오늘부로 나

윤서진

3월4일 월요일

드디어 고등학생이 됐다. 그런 나를 축하하듯 날씨는 화창하고 바람은 부드럽게 불어왔다. 새로운 학교, 새로운 친구들을 보느라 정신없는 그때에 네가 내 눈에 들어왔다. 너의 머리카락이 찰랑이고, 눈동자엔 별을 심어 놓은 듯 반짝였다.

와, 천사인가?

나는 네가 내 앞에서 사라질 때까지 바라만 봤다. 네 이름도, 몇 반인지도 못 물어봤는데 네가 없어졌다. 슬희가 와서 멍하니 있는 나를 데려갔다. 나는 수업이 시작되었는데도 너의 얼굴만 떠올랐다.

"채유야, 너 집중 안 해? 너 지금 뭐하는 시간인지는 알아?"

선생님이 물었지만 나는 그저 웃기만 했다. 수업이 지루했던 걸 기억하면, 아마 영어 아니면 국어시간이었을까. 나는 그 정도로 네게 빠져 있었다.

"너 수업 중에도 걔 생각했지?"

"슬희야, 너 걔 누군지 알아?"

"걔? 나도 모르지. 다음에 만나면 물어봐. 바보같이 서 있지만 말고."

학교에서 학원으로 장소를 옮겨도 내 머릿속에는 너뿐이었다. 솔직히 얼굴이 다는 아니지만 매 순간 생각나게 하는 너의 얼굴은 다른 무엇과 비교할 수 없는 것 같다.

3월20일 수요일

매 순간 네 생각을 한다는 걸, 담임한테 걸려서 한소리 들었다. 구름이 가득하고 하늘은 비가 올 듯 어두컴컴한 것이 꼭 내 마음 같다. 비가 올 것 같은데, 우산은 없었다. 나는 버스정류장으로 서둘러 뛰어갔다.

그때만큼은 너를 잊고 있었는데, 버스정류장에서 너를 다시 만났다. 하루 종일 생각했는데, 학교에선 그렇게 볼 수 없었던 네가 그곳에 있었다. 혼자 얼굴이 빨개진 나는 핸드폰카메라로 얼굴을 확인하고 머리를 정돈했다. 그 사이에 사이 버스가 왔고, 너는 그 버스를 타고 가버렸다.

허탈해져서 웃음만 나왔다. 신의 장난인가? 다시금 멍한 얼굴로 바보처럼 서 있었다. 말을 걸고 싶었는데…. 널 학교에서 다시 만날 순 있을까? 너는 날 봤을까? 오만가지 생각이 드는데 내가 할 수 있는 것은 아무것도 없었다.

비가 갑자기 쏟아지기 시작했다. 나는 버스들을 하나둘 그냥 보냈다. 비가 주춤거릴 때에서야 나는 버스를 타고 집에 왔다. 너를 또 언제 볼 수 있을까? 너를 상상하면서. 버스의 덜컹거림에 맞춰 내 몸도 따라 움직였다. 원래도 거의 사람이 없는 버스지만 그날은 유난히 사람들이 날 피해 안 타나 싶었다.

4월 1일 월요일

조금은 쌀쌀했던 3월이 지나고 4월이 되었다. 학교생활에 익숙해지고 친구들과 친해졌을 때, 만우절 이벤트가 진행됐다.

〈친구 만들어드립니다! 학번과 취미나 좋아하는 것을 보내주면 잘 맞는 친구를 소개해드립니다.〉

장난 같아 보이는 홍보물에 관심이 간 나는 슬희와 함께 각자의 학번과 좋아하는 것을 적어 제출했다. 점심시간이 되고 핸드폰으로 문자가 왔다. 학교 스터디카페 앞으로 와달라는. 그곳에 도착했을 때 낯익은 얼굴이 있었다.

찰랑이는 머리카락과 반짝이는 눈, 바로 너다. 장난처럼 신청했던 만우절 이벤트가 너를 내 앞에 데려다 놓을 줄이야.

"안녕! 나는 전로운이야."

"응. 나는 한채유."

"친구랑 재미삼아 해봤는데 진짜로 소개해 주네."

말하는 너는 분명 천사다. 남을 배려하는 말투와 행동, 부드러운 미소 하나하나가 천사다. 부드러운 침대에 누운 듯 온몸이 나른하다. 전혀 다른 세계에 있는 것 같다. 얘기를 더 하고 싶은데, 종이 눈치 없이 울린다.

"아, 종쳤네. 이제 가야겠다."

나는 그냥 가려는 널 잡아서 인스타그램을 교환하자고 했다. 혹시 싫어하면 어떡하지? 인스타그램이 없으면 어떻하지? 이런 내가 무색하게 너는 웃으며 인스타그램 아이디를 내줬다. 얼른 교실로 돌아야가 하는데, 빨개진 얼굴로 나는 또 그냥 서있었다.

"한채유, 너는 누가 나왔어? 난 7반 김정빈이 나왔더라고."

교실로 돌아온 내게 슬희가 물었지만 나는 아무 말도 하지 않았다.

"뭐야, 한채유! 네 스타일 아냐? 왜 말이 없어?"

"···슬희야, 나 인스타 아이디 얻어왔어."

"뭐? 둘이 잘 맞았나보네. 누구야?"

"그 애가 나왔어. 아무것도 모르는······."

"진짜? 걔가 나왔다고? 어서 인스타 들어가 봐."

슬희가 더 난리인데 그때 선생님이 수업을 하러 들어오셨다.

"다들 폰 집어넣어. 수업시간에 폰하지 말아라."

선생님의 말씀에도 나는 책상 아래로 살며시 폰을 꺼내 로운의 인스타그램에 들어갔다. 프로필 사진만 올라와 있었다. 나는 디엠창을 열었다. 뭐라고 쓸지 몰라 인사말을 썼다 지웠다를 반복하며 고민하고 있을 때였다.

[안녕, 채유야. 나 로운이야. 우리 그렇게 만난 것도 인연인데 잘 지내보자. 그리고 아까 얘기했던 영화 있잖아, 시험 끝나고 보러갈까?]

로운의 문자다. 너무 행복해서 기쁨을 감출 수가 없었다. 나는 얼른 답장을 보냈다. 앞으로 친하게 지내자고. 영화도 꼭 보러가자고. 나는 휴대폰을 집어넣고 얼른 중간고사 기간이 왔으면 싶었다. 얼른 그 영화가 개봉했으면 좋겠다. 내 마음을 너에게 알려줄 수 있는 날이 얼른 오면 좋겠다. 내 모든 순간이 완벽해 질 수 있게.

4월 25일 목요일

중간고사가 코앞으로 다가왔다. 공부핑계를 대면서 나는 너에게 더 자주 찾아갔고 열심히 하라고 간식을 주고는 도망치듯 했다. 친해지기 전에는 그렇게 다가가고 싶어 했는데, 꼭 고백하고 싶었는데···. 친해지니까 어느새 고백하면 이 상태도 유지를 못하게 될까봐, 내 마음을 들킬까봐 겁이 나서 가까이 있지 못하겠다.

어느새 벚꽃이 거리 곳곳을 가득 채웠다. 아, 로운이 보고 싶다. 시험 끝나면 어디로 놀러갈까. 혼자 중얼거리며 벚꽃구경을 하고 있는데 뒤에서 누군가 말을 건다.

"한채유? 너 요즘 왜 자꾸 혼자가?"

나는 로운의 목소리에 깜짝 놀라서 돌아봤다.

"헐, 뭐야? 너 언제 온 거야?"

"너랑 같이 가려고 엄청 뛰어왔지. 오늘은 버스 안 탈 거야?"

"응. 오늘은 그냥 좀 걸으려고."

"그럼 같이 가자. 혼자 걷긴 심심하잖아."

너는 너무 착했다. 이러니까, 좋아할 수밖에 없지. 시험이 끝나고 슬희랑 같이 자기 친구랑 놀러가자는 말에는 너무 좋아서 입술이 달라붙었다.

"내 친구한테 물어보니까 슬희랑 친하다던데."

"음···, 혹시 그 친구 김정빈이야?"

"응. 너도 알면 잘됐다. 시험 끝나고 놀이공원 가자."

너와 나는 많은 얘기를 나눴다. 드라마 얘기, 파스타 먹자는 얘기. 잘 통한다. 너와 나는 천생연분인건가? 내 첫사랑은 그 어떤 첫사랑보다 아름다운 것이 될 것 같다. 너와 헤어져 집에 온 후에도 내 귓가에는 너의 목소리가 맴돌았다.

5월 6일 월요일

중간고사가 끝나고 너와 나 그리고 슬희, 정빈, 우리는 놀이공원에 갔다. 단둘이 오고 싶었지만 함께라도 올 수 있어서 행복했다.

"우리 엄청 많이 타고 오자!"

하지만 타는 시간은 짧고 대기시간은 너무 길어서 우리서 지쳤다. 최대한 많은 놀이기구를 타려고 했지만 쉬고 싶다는 너의 말에 나도 놀이기구 타기를 포기했다.

"사람이 너무 많아. 로운아, 우리 간식이나 먹으러 갈까?"

너와 나는 놀이기구를 타러 간 슬희랑 정빈이를 그대로 두고 자리를 옮겼다. 간식을 사러 왔는데 그 줄도 놀이기구 대기자 줄과 다를 바 없다. 줄 서서 기다리자니 다리도 아프고 지루해지려던 참인데, 자리게 가서 기다리란다. 이런 너를 내가 어떻게 안 좋아할 수 있나. 미안함과 고마움이 온몸을 지배하고, 간식을 들고 오는 널 보며 나는 또 행복한 미소를 짓는다.

"자리 잘 잡았네. 슬희랑 정빈이도 이리로 오라고 하자."

나는 너의 말에 슬희에게 문자를 보내고 너와 마주했다. 간식을 먹는 내 내 입 주변에 묻지는 않았을까, 머리가 흐트러지지는 않았을까 걱정되고 불안했지만, 너의 얼굴을 보자면 마냥 웃음이 나오고 간식은 맛있었다.

지금 사람이 빠지고 있다며 정빈이 와서 너와 나를 데려다 줄을 세웠다.

"봐, 지금이 딱 사람 빠질 타이밍이라니까! 어때 좋지? 채유야."

"응, 빨리 탈 수 있겠다."

우리는 그렇게 쉬고 타고 먹고를 반복하면서 놀이공원을 즐겼다. 마지막 퍼레이드까지 보고 나오는데 왠지 모를 쓸쓸함과 뭐라 말할 수 없는 감정이 솟았다. 나는 고백하고 싶었다. 말은 잘 나오지 않았다. 그냥 스쳐지나가는 감정만은 아니라는 것을 나는 절실히 깨달았다.

5월 28일 화요일

결국 고백했다. 너를 좋아한다고. 짧은 기간이지만 내가 널 많이 좋아한다는 걸, 이제는 말하지 않고는 견딜 수 없다. 너는 순식간에 얼굴이 빨개지고 어쩔 줄 몰라했다.

"나도 너, 좋아해."

잘못 들은 줄 알았다. 너도 날 좋아한다니. 드디어 내가 너랑 사귀는구나. 내가 널 가지게 된 거구나. 눈치 없이 울리는 수업 종소리에 우리는 교실로 들어갔다. 그리고 그날, 마지막 수업을 마친 우리는 처음으로 버스정류장까지 함께 갔다.

이상하게 어색해졌다. 서로의 마음을 알았는데, 버스는 또 왜 이리 안 오는 것인지 나는 네 눈치만 본다. 너의 고맙다는 말이 무슨 뜻인지도 모른 채 나도 고맙다는 말을 했다.

첫사랑은 씁쓸하고 힘든 거라고들 하지만 내 첫사랑은 그렇지 않을 것이다. 그 어떤 첫사랑보다 아름다운 기억으로 남게 될 것이다.

6월 8일 토요일

첫 데이트를 했다. 그 어느 때보다 날씨는 맑고 화창했다. 보고 싶었던 영화를 함께 봤다. 개봉한지 좀 되었지만 아직 극장에서 상영을 하고 있었다.

"채유야, 너는 팝콘 뭐 먹어?"

"나는 캐러멜!"

"나도 캐러멜인데, 그럼 그냥 큰 거 하나로 살게."

너와 나는 큰 팝콘과 콜라를 손에 들고 상영관으로 들어갔다. 극장 안에
는 우리가 전세라도 낸 것처럼 사람이 없었다. 나는 단둘만 있게 된 것이 좋
아서 얼른 네 옆에 앉았다. 달달한 향수다. 향수마저 너를 닮았다. 저절로
웃음이 났다. 어리둥절한 네가 왜 그러냐고 물었지만 나는 말해주지 않았
다.

영화가 시작됐다. 보고 싶었던 영화라 끝나고 난 후에도 나는 영화에 대
한 감상을 늘어놓기 바빴다.

"응응. 거기서 그러는 건 확실히 좀 아니었어."

"맞아, 맞아."

카페에서도 너와 나는 통하는 구석이 있었다.

"음…, 나는 초코라떼 먹어야지. 로운이 너는 뭐 먹을 거야?"

"나는 바닐라라떼. 우리 케이크도 먹을래? 치즈케이크 어때?"

"응응. 그거 먹자."

"우리, 진짜 잘 맞는 것 같아."

너가 나를 보며 웃는다. 너무 아름답다. 이러면 진짜 반칙인데. 내 눈엔
오직 너밖에 보이지 않는다.

7월 16일 목요일

선선했던 날씨는 다 가버리고 여름이 찾아왔다. 내리쬐는 햇볕 때문인지
거리에는 사람이 별로 없다. 날씨는 뜨거워 땀도 나고 조금씩 올라오는 짜
증에 오늘은 각자 버스를 타고 이쯤에서 헤어지자고 했더니 너는 오늘 꼭
함께 걸어가야겠다고 했다.

"아니면 우리 학교 뒤에 생긴 카페에서 좀 있다가 갈래? 거기 초코라떼

엄청 맛있는데."

너는 내 팔에 잡고 당겼다. 내가 너를 당겼던 적도 있으니까. 그래 가자.

"여기, 엄청 시원하다, 오기 잘했지? 음료 시킬 테니까 여기 앉아있어."

너의 말대로 카페는 너무나도 시원하고 초코라떼도 너무 맛있었다. 괜히 짜증을 낸 것 같아 미안했다. 곧 방학인데, 부모님께는 공부를 핑계대면서 이번 여름휴가는 안 간다고 했던 게 기억이 났다.

"로운아, 방학하면 우리집에서 놀래?"

"진짜? 부모님은?"

"부모님은 동생이랑 여름휴가 가거든. 집에 나뿐이야."

내 말에 좋다며 웃는 널 보니까 나도 기분이 좋아졌다. 나의 짜증들이 어디로 갔는지 지금은 너와 더 오래 같이 있고 싶다.

8월 2일 금요일

너가 우리집에 왔다. 내가 초대하긴 했지만 우리 거실에 너가 앉아있는 게 뭔가 이상하다. 과자랑 음료수를 챙겨 너의 앞에 놓았다.

"같이 먹으려고 많이 샀으니까, 다 먹고 가야한다."

"응. 나 방구경해도 돼?"

나의 방에 들어선 너는 이것저것을 들춰보다가 책상에 있는 어릴 적 내 사진을 발견하고 그 앞에 한참을 머물렀다.

"치운다는 걸 깜빡했네. 좀 못생겼지?"

"아니. 너무 귀여운데, 이거 나 가져도 돼?"

"이상한 소리하지 말고 얼른 나와 보고 볼 영화나 찾게."

취향이 비슷한 너와 나는 큰 의견충돌 없이 쉽게 영화를 골랐다. 블라인

드를 내리고 과자와 음료수를 챙기고 우리는 TV앞에 나란히 앉았다. 은은하게 너의 향기가 전해온다. 첫 데이트가 생각났다. 영화가 진행되면 될수록 너의 향수 냄새가 더 진하게 나던 그때가. 우리가 산 팝콘은 반도 더 넘게 그대로 남아있었다.

"와, 이 영화 진짜 재밌다."

"그니까 이걸 왜 극장에서 안 봤지?"

"근데 아무리 생각해도 그 여자는 좀 미친 것 같지 않아?"

"엥? 그건 어쩔 수 없어서 그런 거 아니야?"

"아니 그래도 어떻게 사람을 죽여!"

너와 나의 대화는 거기서 끊겼다. 더 길게 얘기하면 서로 기분만 나빠질 것이다. 평소대로라면 꼬리에 꼬리를 무는 영화얘기로 시간가는 줄 몰라야 했다.

"우리 과자도 거의 안 먹었는데, 밥이나 먹을까? 내가 파스타 만들어 줄게."

파스타는 먹고 싶지 않았다. 매운 마라탕이 당겼다.

"그건 너무 매워. 우리 다른 거 먹으면 안 될까?"

잘 맞았던 너와 내가 틀어지고 있었다. 당황한 우리는 결국 라면을 끓여 먹었다. 먹는 내내 너도 나도 한마디의 말을 하지 않았다. 라면만 먹었다.

다시 생각하면, 그렇게 큰 문제도 아닌데 너와 난 왜 라면만 먹고 있었던 걸까? 내가 먼저 말을 걸었어야 했나? 너를 만나고 처음으로 나의 마음에 뭐가 있는지 모르겠다.

10월 12일 토요일

우리집에 다녀간 이후로 너와 나는 사소한 것 하나하나를 두고 다투기 시작했다. 9월 한 달 동안 연락도 하지 않았다. 마주하면 누구 하나가 참는다는 생각이 들자, 더 이상의 만남이 어려웠다. 네게 하는 연락이 고백 전보다 더 하기 어렵다.

[로운아, 우리 오늘 볼래?]

나는 결국 문자를 보냈다. 보내고 나서도 초조한 마음이었는데 다행히도 바로 답장이 왔다. 학교가 아닌 공원에서 너와 나는 만났다. 너무 오랜만이라 그런지 반가운 마음도 있었다.

"오랜만이네."

"그러게. 잘 지냈어?"

너와 나는 이제 커플이 아니다. 남들의 눈에도 그렇게 비칠 것이다. 먼저 말을 걸지 못한 나는 너만 바라봤다. 실로 오랜만이다. 너의 얼굴을 이렇게 보는 게. 너에게 고백한 이후로 너만 보였는데, 지금은 같은 얼굴인데 달라 보인다.

별을 심어놓은 듯했던 눈동자는 초점도 흐리고, 찰랑이던 머리카락은 끝이 갈라져 있다. 얼굴은 어둡고 뜯긴 입술에선 피가 난다. 날 위해 네가 얼마나 노력했는지 안다고 생각했는데, 이제는 하나도 모르겠다.

"힘든 일이라도 있어?"

겨우 입술을 열었다. 너는 아무 말도 없이 나를 쳐다봤다. 나 때문인가. 내가 문제인건가. 아, 내가 문제가 맞는 것 같다. 나는 아무 말도 하지 않는 너를 공원에 두고 왔다.

12월 24일 화요일

크리스마스이브. 눈이 내린 거리 곳곳은 온통 하얬다. 시험도 끝났겠다,

나는 슬희와 크리스마스에 무엇을 하고 놀지 한참을 고민했다.

"채유야, 너 근데, 첫사랑 로운이와 데이트 안 해?"

"…아니. 나 헤어질 거야."

"뭐라고?"

그렇게 사귀고 싶어 했는데, 그렇게 좋아했는데…. 내 욕심이 너를 불행하게 하는 것 같아 도저히 참을 수 없었다. 그날 저녁에 나는 너에게 다시 연락을 했다. 그때 만났던 공원에 잠깐만 만나자고.

저 멀리, 너가 있는 게 보였다. 헤어질 생각에 널 만나니까, 뭘 어떻게 해야 할지 더 막막했다. 학교에서 매일 보는 얼굴인데, 이렇게 따로 만나면 왜 어색하기만 할까?

"로운아, 우리 헤어지자."

"왜에?"

"너랑 나는 잘 안 맞는 것 같아."

너는 허탈한 미소를 지었다. 나를 새로운 세계로 이끌던 그 미소가 아니다.

"네가 먼저 나 좋다며 사귀자고 했잖아."

지금 이 상황이 너에게는 이해되지 않을 것 같다. 사귀자고 고백한 건 내가 맞지만 지금은 널 보는 게 고통스럽다.

"로운이 넌 내 어떤 점이 좋았어?"

"그러는 넌?"

나는 내가 좋아했던 로운이의 미소와 배려와 향수를 떠올렸다. 내 첫사랑은 그 어떤 첫사랑보다 아름다운 것이 될 줄 알았는데…. 그렇고 그런 흔한 첫사랑이 될 것 같다. 너와 내가 있는 공원으로 눈발이 날리기 시작했다.

인천시교육청
<도전 나도 작가 프로젝트>
참여 소감

윤자영(교사)

소설 완성이라는 작은 성공을 이제 막 거둔 아이들의 글에 비판보다는 칭찬을 많이 해주세요. 칭찬이 우리의 아이들을 더 멋진 사람으로 거듭나게 만들어줄 것입니다.

이민아

중학생 때, 도서부를 하면서 책을 많이 접해보고, 작가와의 만남 프로젝트에서 사회를 본 적도 있었습니다. 중학생 때는 정명섭 작가님을 통해 인생에 대한 이야기, 작가에 대한 얘기를 들었습니다. 고등학교에 와서 작가와의 만남 시간을 가져보니 중학교 때와는 또 다른 느낌의 매우 흥미로운 시간이었습니다. 처음으로 나만의 소설을 쓰면서 내 능력이 얼마나 부족한지 깨닫게 되었습니다. 소설쓰기 활동을 통해 글 쓰는 능력이 조금은 향상되었다고 생각합니다. 앞으로의 제 인생에서 소설을 다시 쓰게 되는 날은 없을 것 같지만 그래서 더 뜻깊은 시간이었던 것 같습니다. 이런 기회를 주셔서 감사합니다!

윤서진

색다른 경험의 기회를 주신 선생님과 인천교육청에 감사드립니다. 작가의 꿈에 한층 더 가까워진 것 같아 기쁩니다.

권수빈

처음으로 소설이란 것을 완성해 봤습니다. 스토리를 구상하고 나만의 스토리를 만들어가는 과정이 내게는 의미 있게 다가왔습니다.

좋은 경험이었고, 다음에 이런 기회가 또 주어진다면 다른 소설도 써보고 싶습니다.

임혜빈

내가 작가가 되어 작품을 발표하게 되다니, 얼떨떨하네요.

장은서

이번 글쓰기 활동을 통해 처음으로 하나의 작품을 완성시켜 보았다. 어설프지만 그래도 끝까지 포기하지 않고 이야기를 완결한 나 자신이 뿌듯했다. 내 머릿속을 휘저어 다니던 여러 문장들이 종이에 인쇄되고 책으로 출판되는 게 믿기지 않는다. 흔치 않은 기회를 만들어주신 선생님과 인천교육청에 큰 감사를 드린다.

주하연

평소 소설을 즐겨 쓰는 편이긴 했지만 끈기가 없어 한 번도 완결을 낸 적이 없었는데, 처음으로 글 한 편을 끝낼 수 있어서 뿌듯하고 기분도 좋았다. 글의 완성도가 높다고 할 수는 없겠지만, 이번만큼은 끝을 봤다는 것에 의의를 두고 싶다. 이번 경험을 계기로 앞으론 보다 많은 글을 스스로 완성할 수 있지 않을까, 싶은 생각이 든다.

배수민

소설을 쓰고 있을 때면 시간이 훌쩍 갔습니다. 그만큼 집중할 수 있는 시간을 가져서 좋았고, 평생 남는 저의 소설이 만들어졌다는 것에 뿌듯함을 느낍니다!

김민주

전부터 꽃을 중심으로 사건이 전개되는 소설을 만들고 싶었는데, 그럴 기회를 얻어서 좋았습니다. 꽃 선정과 사건이 발생하는 이유 등 생각보다 많은 어려움이 있어 힘들긴 했지만 점점 이야기의 틀이 맞춰지니 뿌듯했습니다. 내가 쓴 글이 책에 실린다니, 정말 최선을 다했습니다. 사실, 아쉬운 점도 많고 수정하고 싶은 점도 막 떠오르지만 당장은 이정도로 만족하려고 합니다. ㅜㅠ 좋은 기회를 만들어주신 윤자영 선생님, 감사합니다!!

이지아

처음 글을 쓸 때 어떻게 써야하는지도 몰라 막막했는데, 선생님의 수업과 피드백으로 차츰 알아갈 수 있었습니다. 글이 어떻게 시작되고 만들어지는

지를. 수정의 과정은 글을 다시 쓰는 것만큼이나 어려웠는데, 그래도 제 스스로 한 편의 이야기를 만들었다는 것에 큰 뿌듯함을 느낍니다.

이민주

평소 책을 읽기만 하다가 소설 쓰는 경험을 처음으로 해봤습니다. 글을 쓰기 위하여 하나의 세계를 창조하고 인물을 만들어내는 과정은 생각보다 많은 고민이 필요했습니다. 창의력과 상상력을 기를 수 있었던 특별한 경험이 아니었던가 생각됩니다. 글을 쓰는 동안의 저는 독자님께 전하는 긴 편지를 쓰고 있다는 느낌이 들었습니다. 부디, 제가 쓴 편지가, 제 이야기가 당신의 가슴에 전해지길 소망해봅니다.

ⓒ 글 해송고등학교 나는 작가다

초판 1쇄 2023년 11월 27일 발행

발행처 (주) 작가의탄생

펴낸이 김용환

디자인 박지현

주소 04521 서울시 중구 청계천로 40 한국콘텐츠진흥원 CKL 1315호

대표전화 1522-3864

전자우편 we@zaktan.com

홈페이지 www.zaktan.com

출판등록 제 406-2003-055호

ISBN 979-11-394-1693-0 03810